KB102122

백신

ⓒ 희파, 2021

초판 1쇄 발행 2021년 3월 26일
　　2쇄 발행 2021년 4월 29일

지은이　　희파
펴낸이　　이기봉
편집　　　좋은땅 편집팀
펴낸곳　　도서출판 좋은땅
주소　　　서울 마포구 성지길 25 보광빌딩 2층
전화　　　02)374-8616~7
팩스　　　02)374-8614
이메일　　gworldbook@naver.com
홈페이지　www.g-world.co.kr

ISBN　979-11-6649-476-5 (03810)

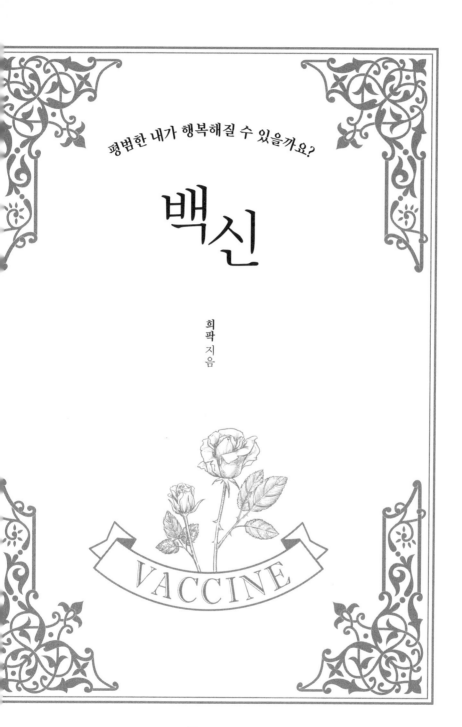

평범한 내가 행복해질 수 있을까요?

백신

희팍 지음

VACCINE

좋은땅

나같이 평범한 사람도 행복해질 수 있을까?

행복이란 무엇일까요? 평범한 내가 행복해질 수 있을까요?

우리는 참 '왜?'라는 질문을 좋아합니다. 특히 호기심이 많은 아이들의 경우 더 그러한데, 끊임없이 왜?를 폭격하는 모습을 '왜요병에 걸렸다'라고 표현하기도 하죠. 우리는 자라면서 더욱 복잡하고 어려운 것에도 호기심을 갖기 시작합니다. 어떤 것의 존재 이유에 대해선 더 그렇죠. 그 호기심의 화살은 자기 자신을 겨누기도 합니다. 누구나 한번 즈음 '나는 왜 사는가?'라고 자문해 본 경험이 있을 겁니다. 저 또한 남들과 다를 것 없는 평범한 인간이기에, 어렸을 때부터 스스로에게 '왜 사는가'라는 질문을 끊임없이 던져 왔습니다.

유치원을 다닐 때는 '맛있는 걸 많이 먹기 위해서'라는 대답을 했습니다. 사춘기가 온 중학교 2학년 때부터는 이유가 좀 많아졌습니다. '친구들과 재밌게 놀고 싶어서', '부모님께 효도하고 싶어서', '예쁜 옷을 입고 싶어서', '유명해지고 싶어서', '예쁜 여자친구를 만나고 싶어서' 등등.

스스로에게 질문을 던질 때마다 이 많은 문장들을 모두 답하기가 여간 귀찮지 않더라고요. 그래서 하루는 국어 사전 한 권을 빌려 내 삶의 이유들을 하나로 아우를 수 있는 단어를 찾아보았습니다. '만족', '인정', '충만' 등등 많은 단어들이 후보에 올랐습니다. 그리고 그때 한 단어를 찾게 됩니다.

- 희망을 그리는 상태에서의 좋은 감정으로 심리적인 상태
및 이성적 경지 또는 자신이 원하는 욕구와 욕망이 충족되어
만족하거나 즐거움을 느끼는 여유로운 상태, 불안감을 느끼
지 않고 안심해 하는 것 -

눈치채신 분들도 있겠지만, '행복'이라는 단어에 대한 설명입니다. 수많은 삶의 이유를 간편하게 축약할 수 있겠다는 희망이 보여서 조사를 더해 보았습니다. 인문학적인 정의는 이제 알았으니 과학계에서는 어떻게 설명하는지 궁금해졌거든요. 찾아본 결과는 아래와 같습니다.

- 노르에피네프린, 세로토닌, 도파민 세가지 호르몬이 충분
히 분비되어 균형을 이룬 상태 -

정리하자면 행복이란 '희망을 그리는 상태에서의 좋은 감정으로 심리
적인 상태 및 이성적 경지 또는 자신이 원하는 욕구와 욕망이 충족되어
만족하거나 즐거움을 느끼는 여유로운 상태, 불안감을 느끼지 않고 안심'
하며 동시에 신체적으로 '노르에피네프린, 세로토닌, 도파민 세가지 호르
몬이 균형을 이룬 상태'입니다.

'왜?'라는 질문에 대한 궁금증이 해결되니 자연스레 '어떻게?'라는 질문
이 따라오더군요. 그러나 곤혹스럽게도 어떻게 행복해질 수 있는가에 대
한 대답은 사전에도 나오지 않았습니다. '나는 행복해지려고 산다'라고
자신 있게 말하는 이들도 '어떻게?'라는 질문에 대해서는 애매모호한 답
변으로 둘러댈 뿐이었습니다.

결국 행복의 비법 같은 것은 없다는 결론에 다다르려던 찰나, 제 주위

에서 가장 행복해 보이는 인물인 할아버지가 떠올랐습니다. 할아버지께서는 학자로서 인생을 살아오셨으며 매번 조언과 격려를 아끼지 않는 분이셨기에, 누구보다 행복한 사람이었음은 분명했습니다. 저는 다짜고짜 여쭈어봤습니다. "할아버지, 저처럼 평범한 사람이 행복해지려면 어떻게 해야 하나요?" 두서 없이 던진 질문에도 할아버지께서는 당황하시지 않고 평소처럼 차분하게, 그러나 명확하게 대답하셨습니다.

"남을 위해 겸손하게 살아라."

이해가 가지 않는 대답이었습니다. 저는 이기적인 사람은 아니었습니다만 그렇다고 테레사나 나이팅게일처럼 평생 남을 위해 살 자신은 없는 사람이었습니다. 저도 많은 돈과 큰 집, 고급 외제차를 타고 싶은 평범한 사람이었으니까요. 때문에 '행복'을 이루기 위해선 나를 위한 삶이 아닌, 남을 위한 삶을 살아야 한다는 대답을 수긍하기 힘들었습니다. 할아버지께서는 혼란스러워 하는 제 표정을 보시고는 이내 말씀을 이어가셨습니다.

"지금은 이해하기 힘들지 모르겠지만, 결국 남을 위한 삶이 나를 위한 삶이라는 것을 깨닫게 될 거다."

더 아리송한 말씀이었지만, 가장 행복한 사람이 이렇게 말하는 데에는 그만한 이유가 있을 거라 생각했습니다. 그날 이후 저는 행복하기 위해서 남을 위하는 삶을 살기 시작했습니다. 중고등 시절부터 제 도움이 필요한 곳을 찾아다녔고 요양원, 고아원, 유기견 보호소 등 장소를 가리지 않았습니다. 대학에 들어가서도 여러 봉사단체에 가입하며 활발한 국내외 봉사활동을 이어 갔습니다.

이러한 삶이 계속되자 점진적으로 과거보다 더 '행복'에 가까워지는 듯한 기분이 들었습니다. 봉사를 하는 와중에도 '행복 호르몬'의 균형을 위해 꾸준한 운동과 건강한 식단, 건강한 인간관계도 공부하고 실천했습니다. 어느 순간부터는 거울에 비친 저의 모습에 할아버지 특유의 여유롭고 만족스러운 표정이 보이기 시작했습니다.

행복에 점점 가까워지는 삶이 계속되던 2020년 2월 어느 날, 문득 이런 생각이 들었습니다.

'할아버지 덕분에 남을 위한 삶을 살게 되었다. 그리하여 진정 행복한 삶을 살고 있으나, 행복의 법칙을 나만 알고 있다는 것은 결국 이기적인 것 아닌가? 할아버지의 뜻을 받들어 모든 사람을 진정 행복하게 만들어야겠다!'

그리하여 숙고 끝에 펜을 들게 되었습니다. 저는 뭐 하나 특별한 것이 없는 평범한 직장인입니다. 그렇기에 평범한 사람이 행복해지는 방법에 대해서 더더욱 잘 알고 있습니다. 정말 행복했던 사람인 할아버지께 배운 지혜와 제가 살아오면서 겪은 경험, 그리고 철학자들과 과학자들의 지론 및 이론을 종합하여 저와 같은 범인들 모두가 행복해질 수 있는 가장 쉽고 효과적인 방법들을 정리했습니다. 부디 여러분이 이 책을 읽고 진정 행복한 삶으로의 첫발을 내딛길 바랍니다.

목차

Chapter 1

가장 쉽게
행복해지는
가치관

# #

이기적인 자는
절대 행복해질 수 없다

여러분은 어떤 사람을 가장 싫어하시나요? 누군가는
거만한 사람을 싫어할 수도 있고, 또 누군가는 예의 없는
사람이라 대답할 수도 있겠죠. 좋아하는 것에도 개인차가
있듯이 사람마다 싫어하는 것도 다 다른 것이 당연합니다.
그러나 정도는 다를지라도 공통적으로 모두가 싫어하는
유형이 있습니다. 바로 '이기적인 사람'입니다.

이기주의란 무엇일까요? 쉽게 얘기하자면 '다른 사람에게 피해를 끼쳐서라도 자신의 이익을 추구하는' 사고방식을 말합니다. 아직 사회화가 덜 된 어린아이들에게서 많이 찾아볼 수 있는데, 가끔 어른이 되어서도 이기주의를 떨치지 못한 사람들이 눈에 띕니다. 당연하게도 이기주의자와 같은 집단에 속한 사람들은 그를 싫어할 수밖에 없습니다. 본인들에게 항상 피해만 끼치는 인물을 좋아하기란 어렵죠.

그렇다면 남들에게 피해를 주고서라도 본인의 이익을 취하는 이기주의자 본인은 과연 행복할까요? 아니오. 그들은 절대 행복할 수 없습니다. 순간순간 얻게 되는 달콤한 이득에 잠시 동안 쾌락을 느낄지는 몰라도, 이후에 돌아오는 주변인들의 차가운 시선과 알게 모르게 느껴지는 냉대는 그들을 절대 행복하게 만들 수 없게 만듭니다.

그런 이기주의자가 행복해지려면 어떻게 해야 할까요? 본인의 모든 이득을 포기하고 남들을 위해 가진 것도 내놓는 사람이 되어야 할까요? 행복해지기 위해 그 정도까지 할 필요는 없습니다. 저는 평범한 사람이 행복해지기 위한 방법들을 말하고 있는데, 성인군자나 할 수 있을 법한 얘기를 할 리가요.

답은 개인주의자가 되는 것입니다. 독자분들 중 대부분은 '이기주의자나 개인주의자나 그게 그거 아니야? 결국 이기적으로 살라는 뜻인가?'라고 당황하실 수도 있겠습니다. 그러나 이기주의와 개인주의는 명백히 다릅니다. 다른 사람에게 피해를 끼치는 이기주의와는 달리 개인주의자들은 다른 사람의 자유를 최대한 존중합니다. 동시에 다른 사람이 본인을 존중하기를 바라고, 양자 간의 존중을 바탕으로 본인의 자유와 이익을 최대화하는 것이 바로 개인주의입니다. 따라서 자유국가의 민주시민이 갖추어야 할 가장 이상적인 가치관이라 할 수 있겠습니다.

만일 개인주의를 의인화한다면, 그는 만나는 사람들 모두에게 이런 말을 하고 다닐 것입니다.

　"나는 당신이 갖고 있는 것과 당신의 생각을 모두 존중해요. 그러니 당신도 내가 가진 것과 내 생각을 존중해 주세요. 그리고 우리 각자가 정당한 노력으로 서로에게 끼치는 피해는 최소화하고, 각자가 얻을 수 있는 이익을 최대화합시다!"

개인주의라는 좋은 가치관이 마음속에 자리를 잡는다는 것은, 행복이라는 과실을 수확하기 위해 비옥한 토양을 마련한 것과 같습니다. 행복나무를 심을 터전에 비료를 깔았으니 이제 첫걸음을 내딛은 것이나 마찬가지입니다. 앞으로 나무도 심고, 잡초도 뽑아 주고, 농약도 치고 할 일이 태산이지만 시작을 위한 힘찬 발걸음의 관성으로 과실이 열릴 때까지 힘차게 걸어가기를 응원합니다!

# #

만족하는
기술

우리는 삶을 살아가면서 다양한 사람들을 만납니다.
근대 이전 농경사회에서는 평생을 마을 안 백 명가량의 관
계 안에 살았을 것입니다. 그러나 현대는 어떤가요? 학교
만 들어 가도 전교생이 천 명입니다. 남자의 경우는 군대도
가고, 취업을 하면 또 수천 명입니다. 뿐만인가요? 그 작은
스마트폰 안에 말 한 번 안 섞어 본 수천 명의 타인들이 본
인들의 일상과 생각을 공유합니다. 이러한 현대에서 우리
는 어떤 삶의 자세를 취해야 행복해질 수 있을까요?

옛날에는 농사만 잘 짓고 살았어도 그럭저럭 괜찮은 삶이라며 스스로 만족하며 살았을 것입니다. 옆집 건이네도, 뒷집 원이네도 농사를 짓고, 모두 초가집에 살고, 매일 보리밥을 먹었을 테니까요. 사람은 본능적으로 사회 속에서 본인의 위치를 확인하려고 합니다. 본인의 지위를 확인하는 가장 쉬운 방법은 바로 남들과의 비교입니다. 내 상태가 남들과 비슷하거나 남들보다 낫다고 생각되면 안심합니다. 그러나 내 상태가 남들보다 못하다고 판단되면? 그때는 가슴 깊은 곳에서 시기와 질투, 그리고 무력감이 샘솟습니다. 우리는 이것을 '열등감'이라 부릅니다.

남들과의 비교를 통해 본인의 지위를 판단하는 것은 원시시대 조상들이 물려준 본능입니다. 그때는 무리에서의 서열을 통해 짝짓기 상대, 영역, 식량의 양과 질이 정해졌기 때문에, 지위의 판단이 곧 생존과 연결되었기 때문이죠. 이 유물이 현대에 와서는 행복을 방해하는 가장 큰 요인 중에 하나가 되었습니다. 현대에는 이러한 습성이 필요 없음에도, 우리를 계속 열등감의 구렁텅이로 몰아넣기 때문입니다.

우리는 남들과 스스로를 비교하면서 정작 자신이 가지고 있는 소중한 것들에 대해서는 괄시하는 성향이 있습니다. 보통 남들을 볼 때는 내가 가지지 못했지만, 남들은 가지고 있는 것에 초점을 맞추기 때문이죠. 이제는 스스로를 객관적으로 돌아볼 차례입니다. 다른 사람과의 비교는 이제 필요 없으니, 우리 자신이 무엇을 가지고 있는지를 알아보자는 뜻입니다. 멋진 친구나 가족, 연인 등 인간관계가 될 수도 있습니다. 본인이 가지고 있는 재산이 될 수도 있고요. 근면성실함이나 끈기, 정의감 등 특유의 성질도 괜찮습니다. 나아가서는 별 탈 없이 건강하게 살아온 것 자체도 포함됩니다.

이렇듯 타인과 비교하는 습관을 버리면, 내 인생의 빛나는 부분들이 보이기 마련입니다. 가로등이 꺼지면 잠깐은 어두워지겠지만, 이내 은은한 달빛이 비추는 더 넓은 세상을 볼 수 있듯이 말입니다. 중요한 것은 발견해 낸 요소들을 기꺼이 '행복의 요소'로 받아들여야 한다는 점입니다. '나는 3명의 가족이 있어'가 아닌, '항상 날 응원해 주는 가족이 3명이나 있어서 난 너무 행복해'라고 생각해야 합니다. '난 어렸을 때부터 끈기가 있었어'보다는 '난 운이 좋게도 끈기를 타고나서 여태 있었던 과업들을 끝까지 해냈어. 이런 내가 자랑스러워'라는 생각이 더욱 좋지요. 남들을 신경 쓰느라 소홀히 대했던 여러분의 보물들을 어루만져 주고, 닦아서 빛을 내 주세요. 그러면 열등감과 비교의식에서 벗어나, 자기애와 자존감이 자연스럽게 높아짐은 물론, 진정한 행복에 성큼 다가설 수 있게 됩니다.

# #

매일 아침 누군가를
행복하게 할 계획을 세워라

현대철학을 정립한 프리드리히니체는 이런 말을 남겼습니다. "가장 쉽게 행복해지는 방법은, 매일 아침 다른 사람을 행복하게 할 계획을 세우는 것이다."

이 말이 사실일까요? 다른 사람을 행복하게 하면 우리도 행복해질 수 있는 걸까요?

저는 당당히 '예'라고 답하겠습니다. 왜 평범한 우리가 다른 사람을 행복하게 해야 하는지에 대해 쉽게 말씀해 드리겠습니다.

사람은 언제 가장 만족감을 느낄까요? 식욕, 수면욕, 성욕 등의 기본적인 욕구를 충족할 때 강한 쾌감을 느끼긴 하지만, 그것은 오래가지 못하고 대체로 일시적입니다. 우리는 당장 일주일 전에 먹었던 저녁 메뉴도 기억하지 못합니다. 그것이 얼마나 맛있었는지와 상관없이요. 기본 욕구를 채워 주는 것은 꼭 필요하지만, 행복에 이르는 궁극적인 역할을 하지는 않습니다.

그러나 꼭 반대되는 감정이 있습니다. 감정의 발생 시점에선 그리 강렬하지 않지만, 오래도록 우리 기억 속에 남아서 잔잔한 쾌감을 계속해서 전해 주는 감정이요. 바로 '자기 효능감'입니다. 자기 효능감이란 내가 속한 공동체에 나의 존재나 행동이 도움이 될 때 느껴지는 감정입니다. 여러분은 분명 어렸을 때 칭찬받은 특정 기억이 아직까지도 남아 있을 것입니다. 초등학교 저학년 때 제일 좋아했던 음식은 기억나지 않지만, 친구를 도와주고 받은 칭찬은 기억나듯이 말이죠.

사람은 본디 사회적 동물입니다. 이 말은 곧 야생상태의 사람이 집단에서 도태되면 생존이 불가능하다는 뜻이죠. 인간은 본능적으로 집단에서 인정받고, 쫓겨나지 않기 위해서 부단히 노력합니다. 그리고 그런 노력의 보상으로 돌아오는 것이 자기 효능감입니다. [집단을 위해 노력 및 희생 ⇒ 칭찬과 인정 ⇒ 생존보장(자기 효능감)]

위의 이유 때문에 우리는 그토록 칭찬과 인정을 받기 위해 노력하는 것입니다. 자기 효능감은 생존이 보장되었다는 신호이므로, 그 무엇보다 기쁘고 만족감이 클 수밖에 없습니다. 이것을 잘못 이해하면 남의 눈치를 보고 살아야 하는 것으로 오해할 수도 있습니다. 그러나 이는 완전히 다른 얘기입니다. 우리에게 중요한 것은 '칭찬과 인정' 단계가 아닌 '자기 효능감'의 충족입니다. 칭찬과 인정은 이타적인 행위를 한 다음에 본인 스스로에게 할 수 있습니다. 중요한 것은 자기 효능감의 근거가 되는 이타적인 행동을 하는 것과, 그 다음에 발생하는 긍정적인 감정을 음미하는 것입니다.

그렇기 때문에 자기 효능감을 느끼는 빈도가 많아질수록, 그러니까 본인이 사회 나 타인에게 긍정적인 영향을 끼치기 위해 노력할수록 행복감을 느끼게 되는 것은 너무나 당연합니다.

매일 아침 일어나서 누군가를 행복하게 할 방법을 생각해 보세요. 다시 침대로 돌아올 때는 행복한 감정으로 잠에 들 수 있습니다.

# #

세상은 내가
창조하는 것이다

아이들에게 집을 그려 보라고 하면 저마다 다른 그림을 그립니다. 어떤 아이는 세모난 지붕을 얹은 주택을 그리기도 하고, 또 어떤 아이는 높은 아파트를 그리기도 합니다. 똑같이 '집'이라는 단어를 들었음에도 그 결과는 아이들의 수만큼 다양하게 나옵니다. '집'이 아닌 다른 것들을 그려 보라고 해도 모두가 다른 그림을 그릴 테죠. 이는 아이들의 경험과 사고방식이 저마다 다르기 때문입니다.

우리가 사는 세상도 이와 같습니다. 모두가 똑같은 '세상'이라고 부른다지만, 우리는 저마다 완전히 다른 세상을 살아가고 있습니다. 사는 나라가 같아도, 동네가 같아도, 심지어 같은 집에서 사는 한 가족이라 하더라도 어머니의 세상과 저의 세상은 아이들이 그리는 집들의 차이는 비교도 할 수 없을 만큼 큰 차이를 보입니다.

모두가 똑같은 것을 보고 듣고 배워도 그것이 각자의 가치관이라는 필터를 거치게 되면 전혀 다른 결과물로 산출됩니다. 쌍둥이처럼 유전자 배열이 모두 같다 하더라도 그들은 서로 다른 가치관을 가지게 됩니다. 결국 단 한 사람도 완전히 같은 경험과 생각을 할 수는 없기 때문입니다. 이것이 의미하는 바는 다음과 같습니다.

"사람은 누구나 자기만의 세상에서 살아간다."

자기 세상에서 산다는 표현은 흔이 몽상가들에게 자주 붙여지는 표현입니다. 그러나 이 표현은 좀 더 포괄적으로 사용될 필요가 있습니다. 우리 모두가 '공통의 법칙'을 수용하는 선에서 각자의 세상 속에서 살아가기 때문입니다. 각자의 세상이라니, 놀랍지 않나요?

더 놀라운 사실은, 우리 모두가 각자 세상의 주인이라는 점입니다. 세상에 통제당하는 개인이 아니라, 세상을 통제하는 주인으로서 모두는 존재합니다. 우리는 마음만 먹으면 세상의 주인이 될 수도, 창조자가 될 수도 있습니다. 반대로 그 사실을 인식하지 못하면 무력한 농노가 될 수도 있죠.

우리는 모두 각자 세상의 주인이자 창조자입니다. 항상 이 사실을 인식하고 살아가시길 바랍니다.

# #

진정한 혼자는
절대 외롭지 않다

우리가 가장 두려워하는 감정이 무엇일까요? 바로 외로움입니다. 학교나 직장에서도 가장 악질의 폭력으로 언급되는 것이 '왕따'인 이유도 대상을 철저히 혼자로 만들어 외로움을 주기 때문입니다. 사람은 모두 본능적으로 혼자가 되는 것을 두려워합니다.

원시시대 우리 조상들에게 혼자 됨은 곧 죽음으로 연결되었습니다. 맹수들과 자연재해, 타 부족의 침입 등을 견뎌내기 위해서는 무리의 힘이 절대적으로 필요했기 때문입니다. 자연의 질서가 지배하는 시대에서 인간 개인은 아무것도 할 수가 없는 나약한 존재였습니다. 그렇기에 우리 본능은 어떻게든 집단에 속하여 잘 어울리는 것을 최우선으로 삼았습니다. 선조들이 물려준 본능은 우리가 집단에 속해 있으면 '소속감'이라는 당근을 주고, 집단에 속하지 못하면 '외로움'이라는 채찍을 때리며 어떻게든 집단에 속하도록 조종합니다.

그러나 현대를 살아가는 우리는 반드시 '혼자'가 되어야 합니다. 다시 한번 말씀드립니다. 우리는 모두 혼자가 되어야 행복해질 수 있습니다.

모순적으로 느껴질 수도 있습니다. 흔히들 행복이라는 단어를 떠올리면, 친구들과 지인들에게 둘러 쌓여 인정과 칭찬을 듬뿍 받는 그림을 떠올리기 때문입니다. 그러나 여러분, 그것을 실제로 이루려면 오히려 철저히 혼자가 되는 과정이 필수적으로 필요합니다. 사람들은 모두 개인의 이득을 최우선으로 살아갑니다. 인간관계라고 해서 이 법칙을 피해 가진 못합니다. 비즈니스 상대, 친구, 연인 모두 자신에게 이득이 되는 것이 있어야 관계가 유지됩니다. 이득은 꼭 돈으로만 한정되지는 않습니다. 안정감이나 즐거움, 사랑받는 기분도 이에 포함됩니다. 만약 상대방이 우리를 통해 얻을 것이 없다고 생각하게 된다면 어떻게 될까요? 그들은 조용히 우리와의 관계를 정리할 것입니다.

그런 슬픈 상황이 일어나지 않게 하려면, 답은 간단합니다. 우리가 다른 사람에게 가치 있는 사람이 되면 되는 것입니다. 우리가 가진 가치를 끊임없이 갈고닦아서 항상 그들에게 이득을 줄 수 있는 사람으로 인식되면, 우리 주변의 소중한 사람들을 잃는 안타까운 일은 최소화될 것입니다.

가치를 높이려면 어떻게 해야 할까요? 우리 스스로 가지고 있는 능력을 키워야 합니다. 독서, 운동, 사업의 확장, 공부 등 등 계속해서 발전하고 더 나은 사람이 되어야 합니다. 그리고 그 과정에서 타인은 필요하지 않습니다. 오롯이 혼자가 되어, 외로운 싸움을 이겨 나가야 합니다. 행복한 인간관계를 위해 도리어 스스로를 고독 속으로 몰아야 하는 것입니다.

여러분은 한번 즈음 엄청난 성장을 위해 노력한 순간이 있을 겁니다. 그때를 돌이켜보면, 우리는 혼자였습니다. 혼자서 생각하고, 혼자서 노력하고, 혼자서 외로움을 삭혔습니다. 그리고 한 단계 성장했을 때, 자연스럽게 내 주변에 사람들이 모여듭니다. 내가 성장하거나 무언가를 성취했을 때는 사람들이 귀신같이 나의 가치를 알아봐 준다는 것은 이미 널리 알려진 사실입니다. 여러분이 광고하고 다니지 않아도, 한 단계 성장한 여러분의 표정, 말투, 행동에서 높은 가치의 아우라가 뿜어져 나오기 때문입니다.

여기서 재미있는 점은, 자신이 진정 가치 있는 사람이 되었을 때는 계속 혼자여도 전혀 외롭지 않게 된다는 것입니다. 가치가 있는 사람은 언제든 주변에 사람을 둘 수 있는 선택권이 생기기 때문에 혼자여도 혼자가 아닌 상태가 되기 때문입니다. 어쩔 수 없이 혼자가 된 사람은 사무치게 외롭지만, 혼자를 선택한 사람은 전혀 외롭지 않은 상태가 됩니다. 이것이 가짜 혼자와 진정한 혼자의 차이입니다.

#

인간세상에
절대적인 것은 없다

우리는 살면서 사회에서 만들어 놓은 '기준'들에 스스로의 모습을 끼워 맞추고는 합니다. 내가 살아가야 할 방향을 남들의 입맛에 맞게 설정한다는 것이죠. 예쁜 얼굴, 좋은 대학, 좋은 직장, 높은 연봉 등 등 사회가 제시하는 특정한 요소들을 갖추어야만 소위 말하는 '성공한 인생'이라고 생각들 하죠. 하지만 성공한 인간상이라는 것도 결국엔 시대의 흐름에 따라 변화합니다. 지금 우리가 성공한 사람의 요소라고 생각하는 것들은 얼마 지나지 않아서 유행이 지나 버린 나팔바지처럼 낡고 촌스러운 것이 될 것입니다.

놀라거나 부정하시는 분들이 있을 수도 있지만, 이미 여러분들은 그러한 것들을 너무 많이 보아왔습니다. 불과 한 세기 전까지만 해도 이 땅에서는 신분이라는 것이 존재했습니다. 태어나면서부터 정해진 계급에 순응하며 사는 것이 '정상'이었고, 개인이 성공할 수 있는 범위도 계급에 맞게 한정되었습니다.

그러나 지금을 보십시오. 명절날 할아버지께서 주섬주섬 챙겨 오시는 족보를 제외하고는 본인 가문의 정통성이나 높은 관직을 지냈던 조상들을 꺼내는 일은 없습니다. 그런 얘기를 꺼냈다간 도리어 구닥다리 취급을 받을 뿐이죠. 또 불과 몇 십 년 전에 각광받던 직업들이 지금은 완전 다른 이미지를 갖고 있기도 합니다. 불과 1970년대까지만 하더라도 고속버스 운전사는 지금의 파일럿 대우를 받았다고 합니다. 그러나 지금은 어떤가요? 훌륭한 직업이지만 연봉이나 사회적 대우가 그때만큼 못하다는 것은 부정할 수 없는 사실입니다.

좋은 대학이라는 기준도 참애매모호합니다. 1990년 대까지만 하더라도 명문대라고 이름 날리던 지방 국립대와 몇몇 사립대학들이 지금은 수도권 대학들 앞에서 힘도 못 쓰는 광경을 쉽게 볼 수 있죠. 더군다나 요즘엔 대학이라는 교육시설 자체의 필요성에 대해 회의를 느끼는 사람들이 많아지면서 명문대보다 졸업 후 바로 공무원 시험을 준비하는 세태까지 일어나고 있습니다.

이토록 인간 세상은 너무나 빠른 속도로 변화합니다. 심지어는 절대적인 것이라 생각했던 법과 도덕도 사람들의 인식 변화와 함께 수정되고, 추가되고, 또 사라지기도 합니다. 불과 10여 년 전까지 존재했던 간통죄는 이제 존재하지 않는 죄가 되었습니다. 한 아이의 교통사고 이후 아동 교통법규가 새롭게 생기기도 하고, 성인지 감수성의 변화로 성 관련 법들이 제정됩니다.

지금 중요하다고 생각하는 것들이 가까운 미래에는 아무런 가치도 없는 것이 돼 버리는 것이 현실입니다. 이런 상황에서 지금이라는 짧은 순간에만 존재하는 절대적 기준이라는 것이 무슨 의미가 있을까요?

#

행복은
결과가 아닌 과정이다

스포츠나 게임을 할 때, 이기든 지든 정말 재미있는 경기들이 있습니다. 비록 경기는 졌더라도 내가 공헌을 세우거나, 나와 상대가 용호상박으로 치열한 접전을 펼치면서 명경기를 만들면 경기가 끝나도 후련하고 뿌듯한 기분을 경험해 보신 적 있을 것입니다. 반대로 경기는 이겼지만 석연치 않은 판정이나 진부한 경기력, 혹은 상대방의 부상이나 기권으로 인한 승리는 그리 달지 않죠.

행복한 삶을 떠올려 보라고 하면, 대부분의 사람들은 원하는 것이 이미 이루어진 시점을 상상합니다. 그것을 이루기 위해 갈망하고, 노력하는 과정은 쏙 빼놓은 채 말이죠. 그러나 행복은 결과가 아니라 과정 속에 있습니다. 원하는 것을 얻기 위해 고군분투하는 순간순간에 펼쳐져 있는 것이 바로 행복입니다.

아이를 키울 때를 예로 들어 봅시다. 부모의 의무는 아이을 무사히 성인이 될 때까지 양육하는 것입니다. 핏덩이 같은 신생아를 먹이고 가르쳐 가며 사회의 어엿한 구성원으로 만들어 저마다의 가정을 꾸리게 하면 부모로서의 의무는 끝이 납니다. 그렇다면, 이 하나의 서순에서 부모들은 자녀를 독립시킬 때가 가장 행복할까요? 그렇지 않다는 것을 너무 잘 아실 겁니다.

아이가 처음 웃었을 때, 걸음마를 시작했을 때, 친구를 사귀었을 때, 학교에 입학했을 때 등등 자라면서 겪는 수많은 일들 속에서 부모들은 진정한 행복을 느낍니다. 우리의 삶도 크게 봤을 때 이러한 양육과 다르지 않습니다. 아이 대신에 우리는 꿈을 키웁니다. 그 꿈을 처음 꿨을 때, 한 발짝 다가갔을 때, 좌절했을 때 등등 꿈을 이루어 가는 과정 중에서 우리는 진정한 행복과 성취를 느끼게 됩니다.

원하는 것을 이루어 냈을 때 느끼는 행복감은 순간이
지만, 이루어가는 과정 내내 일어나는 작은 것들에 주의를
기울이면 더 많이 더 자주 행복한 삶을 살 수 있습니다.

#

철학하라

　기업 철학, 판매철학, 정치철학, 교육철학 등 등 철학
이란 단어는 어디에 와도 어색하지가 않습니다. 철학은 무
언가가 기능하게 만드는 '소프트웨어'이기 때문입니다. 그
렇다면 우리가 주목해야 하는 철학은 어떤 철학일까요? 바
로 스스로를 알고 탐구하는 인생철학입니다.

우리가 살아가는 시대는 종교가 삶의 의미를 정해 주지 않습니다. 또 직업이나 타고난 출신 성분이 개인의 정체성을 정의해 주지도 않습니다. 우리의 정체성과 개성은 더이상 사회가 정해주는 것이 아니라 스스로 습득해야 한다는 뜻입니다. 풍요의 세상에서 먹고 사니즘만으로 만족하는 사람은 더 이상 없습니다. 기본적인 욕구들이 해결되고 나면 사람은 반드시 그 이상의 가치를 추구하기 마련입니다.

그 고결한 가치를 탐구하는 행위가 바로 철학입니다. 평범한 개인에게 갑자기 철학을 하라고 하면 당황하기 마련입니다. 그러나 우리는 정말 운이 좋은 세대입니다. 동서고금을 막론하고 위대한 철학가들의 사상을 언제 어디서든 쉽게 접할 수 있기 때문입니다.

지구상에 문명이 뿌리내린 이후 6천 년 동안, 동서양을 막론하고 수많은 철학자들이 위대한 사상들을 남겨 왔습니다. 개중에는 학자도 있었고(플라톤, 아리스토텔레스), 종교 창시자도 있었고(예수, 부처, 마호메트), 정치인들도 있었습니다(마키아벨리). 저마다 직업도, 시대도, 출신도 다른 자들이었지만 그들의 철학은 짧게는 수백 년부터 길게는 수천 년 동안 후대에 계승되어 여러 국가, 단체, 기업 그리고 개인을 운영하는 토대가 되고 있습니다. 철학은 해당 집단이나 개인의 목표와 정체성을 확립하고, 그것을 배경으로 비로소 개성을 탄생시킵니다.

우리는 주어져 있는 비옥한 철학의 밭에서 필요한 사상들을 조합하여 나만의 것으로 만드는 노력이 필요합니다. 플라톤의 아폴론적 사고가 본인의 삶과 맞을 수도 있고, 니체의 디오니소스적 삶이 본인과 맞을 수도 있습니다. 둘은 상반되는 철학이지만 분야에 따라서는 공존할 수도 있습니다. 중요한 것은 기존에 없었던, 나만의 철학을 만들어 내 삶의 소프트웨어로 삼는 것입니다. 그러면 이 세상에 하나밖에 없는 나만의 철학이 탄생하는 것입니다.

유일무이한 철학을 갖고 있다는 것은 곧 유일무이한 사람이 되었다는 뜻이기도 합니다. 세상에 '어나더 원'이 아닌, '스페셜 원'이 되는 것보다 행복한 일이 또 있을까요? 자기만의 가치관을 갖고 자기만의 방식으로 세상을 살아가는 사람보다 더 멋진 사람이 또 있을까요?

철학하는 방법은 어렵지 않습니다. 먼저 시간의 흐름 속에서도 건재한 사상가들의 책을 읽으면 됩니다. 우리는 이를 고전이라 부릅니다. 고전을 읽은 다음에는 내 삶의 문제들에 그 사상을 대입시켜 해결해 보려고 노력하는 것입니다. 만약 문제가 해결되지 않으면 다른 사상으로, 또 다른 사상으로 바꿔 보다 보면 내 삶의 문제들을 해결해 줄 철학적 사상들을 발견하게 됩니다. 내 문제들을 해결해 준 철학을 모아서 나만의 방식으로 편집하면, 그것은 이제 나의 철학이 되는 것입니다.

Chapter 2

가장 쉽게
행복해지는
인간관계

# #

영원한 관계는 없다

"모든 문제는 인간관계에서 비롯된다." 오스트리아의 정신의학자 아들러가 한 말입니다. 우리가 겪는 고민, 걱정, 부정적인 감정들은 대체로 관계로부터 발생합니다. 친구와의 다툼, 실연, 소중한 사람의 죽음 등 직접적인 것부터 시작하여 사회적 지위, 인정, 소속감, 상대적 박탈감까지 많은 것들이 관계가 어긋나거나 관계에 대한 오해로 인해 태동하는 것이죠.

인간은 사회적 관계를 너무나 소중하게 여기도록 설계되어 있기 때문에, 인간관계에 연연하여 실망하고 다치는 것은 자연스러워 보입니다. 그러나 행복한 사람이 되기 위해서는 도리어 관계에 초연해지는 법을 배워야 합니다.

앞장에서도 여러 번 얘기했듯이, 우리는 우리 조상이 살던 사회보다 훨씬 많은 관계를 맺으며 살아가고 있습니다. 자연스럽게 관계로 인해 받는 상처도 비례하여 늘었죠. 유전자는 변하지 않았는데, 환경은 변한 것입니다. 비를 막게 설계된 우산으로 커다란 우박을 막고 있는 격입니다. 본능대로 인간관계에 집착하다가는 우박을 맞은 우산이 찢어지듯 우리 마음도 커다란 상처를 입을 수 있습니다.

그렇다면 우리는 인간관계에 대하여 어떠한 태도를 취해야 할까요? 첫 번째로 상대방에 대한 기대를 일절 하지 않는 것입니다. 《사랑의 기술》을 저술한 정신의학자 에리히프롬은 기대는 상처를 부르는 위험한 행위임을 분명히 밝히고 있습니다. 기대라는 것은 상대방이 나에게 물질적이든, 감정적이든 무언가를 제공해 줄 것이라는 막연한 감정입니다. 또한 기대는 충족 또는 실망이라는 두 가지 결과 값만을 갖고 있는데, 충족을 해도 예상했던 결과라 큰 감흥이 없고 실망을 하면 상대방에 대한 신뢰와 사랑의 감정이 떨어지게 됩니다. 즉 기대란 나 스스로한테나 가져야 하는 감정이지 절대 타인에게 들이댈 감정이 아니라는 것입니다.

두 번째로 우리는 모든 사람이 약간씩은 미쳐 있다는 것을 인정해야 합니다. 니체의 말마따나 우리는 타인을 절대로 이해할 수 없습니다. 제아무리 가까운 사람이라 하더라도 우리가 그의 머릿속에 들어가 보지 않는 한, 우리는 그 사람이 느끼는 감정과 생각을 모두 알 수 없습니다. 그렇기에 완전한 공감이란 있을 수 없는 것입니다. 다른 사람이 하는 생각이나 행동이 우리와 조금이라도 다르면, 우리는 일단 경계를 띠고 그들을 바라보게 됩니다. 다름의 범주에 따라 '약간 이상하다'부터 '완전히 미쳤다'까지 그 평가는 다양하게 내려집니다. 그러나 상대방 또한 우리를 그렇게 볼 수밖에 없다는 것을 알아야 합니다. 제일 쉬운 방식은 나도 조금 미쳤고, 너도 조금 미쳤고, 다들 조금씩은 미쳐 있다는 사실을 인정하는 것입니다.

세 번째 방식은 관계가 언젠가는 끝난다는 사실을 항상 상기시키는 것입니다. 세상의 모든 관계는 언젠가 끝납니다. 이사, 이별, 전근, 이민, 싸움, 그의 죽음, 나의 죽음 등 등의 이유로 관계는 언젠가 종식됩니다. 지구라는 행성 자체도 시간의 흐름에 따라 그 구성 성분이 달라지는데, 한낱 인간의 관계 따위가 영원할 리가 없습니다. 그러므로 우리는 모든 관계가 결국엔 무無로 돌아감을 알아야 합니다.

인간관계를 소홀히 하라는 소리가 아닙니다. 오히려 끝이 정해져 있는 유한한 관계이니 그 끝이 다가오기 전까지 최선을 다해야 합니다. 누군가가 이별을 고하거나, 피치 못할 이유로 헤어지게 될 때 우리는 비참하게 끝나 버린 관계를 붙잡고 과거에 대한 향수에 젖어 있을 게 아니라, 언젠간 끝나 버릴 관계가 지금 끝난 것이라고 초연하게 인식해야 합니다. 그리고 현재 맺고 있는 관계와 새롭게 맺게 될 관계에 그 에너지를 쏟아부음이 바람직합니다.

#

외로울 때
사람을 만나지 마라

외로움이란 일종의 경중 우울증입니다. 일상생활에 영향을 끼칠 정도의 파괴력은 없으나 사람을 처지고, 슬프게 만드는 감기 같은 것이죠. 이 외로움을 가장 쉽고 간단하게 물리칠 수 있다는 이유로, 친구나 이성을 만나는 사람들이 많습니다. 그러나 이는 모기 물린 자리가 간지럽다고 긁어 대는 것과 마찬가지입니다. 모기에 물린 자리가 긁을 때는 시원하지만 이내 더 간지러워지는 것처럼, 그들과의 만남이 끝나면 더욱 큰 공허감만이 남을 것입니다. 외로움의 본질은 사람의 부재가 아닌 자기 효능감의 부재인 경우가 대부분이기 때문입니다.

외로움과 혼자 됨은 결코 동의어가 아닙니다. 오히려 다수에 둘러 쌓였을 때 외로움이 고개를 들기도 합니다. 아무리 주변에 사람이 많아도, 스스로가 그들에 비해 가치가 낮다고 생각하면 어울리지 않는 자리에 있는 자신에 대해 이질감을 느끼며 고독해집니다.

그럼 외로움을 근본적으로 극복하기 위해 해야 할 것은 무엇일까요? 바로 자기 점검입니다. 본인이 외로움을 느끼는 이유는 필히 스스로가 만족스럽지 않기 때문일 것입니다. 그러면 가만히 앉아서 펜과 노트에 무엇이 불만족스러운지 적어 보는 것입니다. 외모가 될 수도 있고, 수입이 될 수도 있고, 직장 내에서의 지위가 문제일 수도 있습니다. 중요한 것은 이것들이 내 머릿속을 휘저어 실제보다 더 큰 파장을 일으키게 방관하는 것이 아니라, 텍스트의 형태로 끄집어 내어 객관적으로 고찰하는 것입니다.

머릿속에만 떠돌던 것들을 종이에 옮겨 눈에 보이게 만들어 놓으면, 그냥 적는 것 이상의 효과가 있습니다. 무엇이 문제인지 구체적으로 직면한다는 의미가 있으니까요. 이 행위만으로도 대부분의 사람들은 문제가 해결된 듯한 느낌을 받습니다. 머릿속에 있을 때야 생각이 꼬리에 꼬리를 물고 이어지니 엄청 거대한 문제처럼 느껴졌지만 종이 위에 한 줄로 정리된 것을 마주하면 '뭐야, 별거 아니네' 하는 생각이 드는 경우가 많습니다.

그러나 이 행위만으로는 해소가 되지 않는 문제들도 있습니다. 그러한 문제들은 해결 방법도 같이 생각해 봐야 합니다. 예를 들어 나의 수입이 문제라면, 그것을 극복할 방법을 강구하는 것입니다. 부업이든, 이직이든, 스펙 쌓기든 방법은 무수하겠지만 중요한 것은 그것을 당장 실천할 수 있는 것으로 세분화하는 것입니다. 부업을 해결 방법으로 택했다면 당장 구인구직 앱이나 재택근무에 대해 알아보거나, 이직을 해결방법으로 삼았다면 헤드헌터들의 연락처를 검색해 보는 식으로요.

이런 방법으로 본인의 문제를 객관적으로 점검하고, 가치를 능동적으로 끌어올리다 보면 어느새 외로움은 사라지고 그 자리를 본인의 미래와 성장을 위한 계책들이 가득 메꾸게 됩니다. 본인에 대한 불만은 외로움을 사무치게 만들지만, 본인의 가치를 올리기 위한 고민들은 설렘과 긍정적 긴장을 자극합니다. 이런 과정이 숙련되면 어느 날 무심코 치밀어 오르는 외로움은 펜과 종이만으로 가볍게 무찌르는 사람이 되어 있을 겁니다.

#

인맥이란
단어의 오점

해야 할 일과 책임질 것들은 뒤로한 채, 단체로 어울리기 좋아하고 술자리를 찾아다니는 사람들의 단골 변명으로 아래와 같은 말을 많이 들어보셨을 겁니다.

"이게 다 인맥 쌓으려고 그러는 거야!"

네, 인맥은 정말 중요합니다. 우리나라뿐만 아니라 그 어떤 공정하다고 소문난 사회에서도 인맥은 출세의 필수적인 요소로 언급됩니다. 각 분야에 좋은 연줄을 갖고 있으면 높은 확률로 양질의 도움과 정보를 얻을 수 있습니다. 저는 인맥이 필요 없다고 생각하지 않습니다. 오히려 필요하고, 적극적으로 확장해야 한다고 생각합니다. 그러나 세간에 알려져 있는 인맥을 구축하는 순서는 뭔가 잘못되었습니다.

모든 인간관계는 이해타산적입니다. 무조건적인 사랑이라고 알려진 부모의 자식 사랑 또한 유전자의 확산을 위한 일종의 거래입니다. (리차드 도킨스의 《이기적 유전자》 참고) 하물며 피 한 방울 안 섞인 사람들끼리 정말 순수한 관계의 성립이 가능할까요? 아니오 절대 불가능합니다. 꼭 돈이나 명예가 아니라도 감정적인 즐거움, 소속감 등의 감정적 보상이라도 있어야만 양자 간의 관계가 성립됩니다. 이것은 비인간적인 것이 아니라 오히려 정직하고 공평한 것입니다. 본인이 열심히 노력해서 일구어 놓은 가치에 비례해서 좋은 관계를 맺게 되는 것은 타당한 보상입니다. 반대로 본인의 가치를 소홀하게 관리한 사람이 형편없는 인맥 속에 살아가는 것도 타당합니다.

그렇다면 술 좋아하는 사람의 변명으로 남용되는 인맥이 진정으로 실현되기 위해서는 무엇이 필요할까요? 바로 본인이 타인에게 무언가를 줄 수 있는 사람이 되는 것입니다. 아무것도 없는 사람에게 시간을 내어 줄 수 있는 사람은 마찬가지로 아무것도 없는 사람일 가능성이 높습니다. 1을 줄 수 있는 사람은 1을 가지고 있는 사람을 만나고, 10을 줄 수 있는 사람은 10을 가지고 있는 사람을 만납니다.

그러니까 좋은 인맥을 구축하기 위해서 억지로 술자리에 나가고, 아첨을 떠는 것은 전혀 도움이 되지 않는다는 말입니다. 오히려 그런 자리에 척을 지고 묵묵히 본인의 가치를 개발해 나가는 것이 역설적으로 좋은 인맥을 만드는 첫 번째 단계입니다.

# #

일이냐 관계냐

드라마나 영화를 보면 나쁜 아버지상의 대표로 나오는 것 중 하나가 워커홀릭입니다. 짐 캐리 주연의 영화 〈라이어 라이어〉에서는 일 때문에 아이의 생일파티에 참석하지 못한 짐 캐리가 거짓말을 하지 못하는 저주에 걸리기도 합니다. 변호사인 짐 캐리는 거짓말을 하지 못해 법정에서 고전하는 등 끔찍한 하루를 보내고 아이에게 진심 어린 사과를 하며 영화는 끝이 납니다. 이런 유의 작품에서 얘기하는 것은 일보다 사랑하는 사람의 관계가 훨씬 중요하다는 것입니다.

전적으로 맞습니다. 일은 자아실현의 관점과 생계 유지에 필수적이지만, 결국 그 목적은 행복한 삶, 행복한 가정에 있는 것이니까요. 그러나 그것이 일에 대한 무분별한 평가절하로 이어져서는 안 됩니다. 가정도 결국 일이 없으면 해체됩니다. 일보다 관계의 중요성을 너무 강조하면 행복한 가정을 도모하기 이전에 가정 자체가 없어집니다. 어떤 사람들은 이런 말을 할 수도 있습니다. "조금 빠듯해도 좋으니까 그 사람이 가정에 더 충실했으면 좋겠다."

"부모님이 일하는 시간을 줄여서 나와 많이 놀아 줬으면 좋겠다." 이런 바람을 느끼는 것 자체는 당연합니다. 그러나 그것이 실현되면 가장 서운해하고, 가장 먼저 등을 돌릴 사람들은 바로 그들입니다.

2014년 노동연구원에서 진행된 부부 4004명을 대상으로 한 조사에서 충격적인 통계가 나왔습니다. 남편의 소득에 따른 이혼율의 조사가 그 목적이었는데, 결과는 예상보다 잔인했습니다. 남편이 월 300만 원을 벌 경우 소득이 전혀 없을 때보다 이혼 위험은 1/3로 줄었고, 월 1000만 원을 벌면, 이혼할 확률이 거의 없는 것으로 나타난 겁니다.

2016년 이혼 사건 원인별 비율에서도 경제적 이유로 인한 이혼은 전체 이혼의 10%를 차지합니다. 100쌍이 이혼하면 그중 10쌍은 경제적인 이유로 갈라선다는 뜻입니다. 자녀의 경우도 크게 다르지 않습니다. 경제적 결핍으로 인해 자녀가 원하는 상품이나 교육을 제공해 주지 못하면, 언젠가는 "엄마 아빠가 나한테 해 준 게 뭐가 있어?"라는 배은망덕한 원망을 듣게 됩니다.

그리고 무엇보다, 결국 배우자와 자녀도 우리를 무조건적으로 챙겨 주지 못합니다. 그것이 유대감의 결여나 경제적 능력의 부족 때문일 수도 있으나 근본적인 원인은 그들은 절대 우리가 될 수 없기 때문입니다. 우리가 세상에 나올 때 혼자로 태어났듯이, 세상을 등질 때도 우리는 혼자서 돌아갑니다. 그런 삶에서 가장 중요한 것은 결국 나 자신입니다. 나 자신이 어떠한 상황에서도 스스로를 책임지고 인간적인 삶을 유지해 나가기 위해서는 할 수 있을 때 나의 가치를 최대한 높여 놓는 것입니다. 물질만능주의적인 발상이 아니라, 건강하고 행복한 삶을 위해 본인 스스로를 갈고닦는 것이 가장 중요하다는 뜻입니다.

내가 진정 일을 잘하는 사람이 되어 사회적으로 가치를 인정받고, 합당한 수익을 벌어들이는 사람이 된다면, 일이 한참 바쁠 때는 가족들이 서운해할 수 있으나 시간이 지나면 우리의 노고를 인정하고 감사해하는 날이 올 것입니다. 반대로 일을 소홀히하고 가정에만 충실한 사람은 당장은 가족들의 유대감과 애정에 행복감을 느낄지 모르겠으나, 가정을 유지할 수 있는 비용이 떨어지고 나면 결국 홀로 남겨지고 마는 새드엔딩으로 끝이 날 것입니다.

# #

가족이라는 둥지

가화만사성이라는 성어가 있습니다. 가정이 화목해
야 모든 일이 잘 풀린다는 뜻이죠. 태어나서 가장 먼저 맺
게 되는 관계임과 동시에, 평생을 유지하는 관계이기 때문
에 그런 말이 나온 것으로 보입니다. 피는 물보다 진하다라
는 격언도 가족이라는 의미가 우리 삶에서 얼마나 중요하
게 다가오는지 말해 줍니다.

우리가 세상에 태어나서 가장 먼저 보게 되는 사람은 바로 부모님입니다. 부모님은 단순히 우리를 먹이고 재우고 씻기는 것뿐만 아니라, 사회에서 살아가는 데에 필요한 모든 것들을 전수해 주십니다. 과장이 아니라, 가장 먼저 만나는 선생님인 셈입니다. 인사하는 법, 대화하는 법 등 기초적인 것부터 예의, 질서, 감사, 배려 등 복잡하고 추상적인 덕목까지 우리는 부모님을 통해 배우게 됩니다. 한 사람의 모든 것을 그가 자라 온 가정환경만으로 추론하는 것은 무리가 따르겠지만, 적어도 상당 부분은 참고할 만한 이유가 바로 이것입니다.

가족에는 부모님만 있는 것이 아닙니다. 형제, 친척 등 최초의 사회적 관계를 이루게 되는 사람들이 다수 존재하죠. 우리는 이들을 통해 협동심, 유대감, 사회적인 규칙 등을 놀이와 다툼 등을 통해서 배워 나갑니다.

이렇듯 어린 시절에는 우리 주변을 이루는 사회적 관계의 대부분이 가정 내에 치중되어 있습니다. 그러나 우리의 신체가 자라고, 사회적인 환경에 다양하게 노출되다 보면 피한 방울 섞이지 않은 타인들과의 교류가 점차 많아지고 우리의 인생에서 가족이 차지하는 비중은 점점 줄어듭니다.

그러나 가족과 함께하는 시간이 줄어든다고 해서 그들의 중요성까지 줄어드는 것은 아닙니다. 우리는 주변의 다른 관계들을 돌보다 가정작 가족을 소외하는 실수를 저지르곤 합니다. 가족과의 관계가 소홀해지면 당장에는 느끼지 못하겠지만 결국엔 큰 공허감과 자책감으로 돌아오기 마련입니다. 내가 살면서 가장 많은 시간을 보내고, 또 조건 없이 사랑해 주는 집단은 결국 가족밖에 없기 때문입니다. 그러한 사람들을 소홀히 여긴다는 것은 미련한 일이 아닐 수 없습니다.

가족들은 우리를 무조건 사랑해 주는 만큼, 남들은 이해해 주지 못하는 우리만의 사정도 이해해 주는 사람들입니다. 우리가 너무 바빠서 자주 얼굴을 못 봐도, 오랜만에 만날 때 그 누구보다 반겨 주는 것도 가족입니다. 모든 관계가 끊어지고 우리가 원치 않게 혼자가 되었을 때, 마지막으로 안길 수 있는 곳은 바로 가족의 품입니다. 우리는 자라서 어른이 되면 자연스럽게 둥지를 떠납니다. 그러나 둥지와 우리 사이에는 보이지 않는 끈이 계속해서 붙어 있습니다. 그 끈을 놓지지 않고 소중하게 여기는 것이 화목한 가족을 유지하는 가장 쉬운 방법입니다.

# #

사랑은
빠지는 것이 아니다

사랑이라는 단어를 들으면 어떤 장면이 상상되나요? 선남선녀가 노을지는 언덕에서 서로에게 기대 있는 장면? 두 배우가 뱃머리에서 두 팔을 펼치는 〈타이타닉〉의 명장면? 혹은 로미오와 줄리엣? 이런 것들이 먼저 떠올랐다면, 당신은 사랑과 로맨스를 헷갈리고 있는 것입니다.

우리는 '사랑에 빠진다'라는 표현을 즐겨 사용합니다. TV에 나오는 연예인을 보거나 학교, 직장 동료를 흠모할 때 자주 쓰이는 말이죠. 그러나 사랑은 빠지는 것이 아닙니다. 그 사람이 어떤 가치관을 갖고 있는지, 어떤 삶을 살아왔는지도 모른 채로 단지 외모만 보고, 혹은 대화 몇 마디 나누어 보고 '사랑'이라는 표현을 쓰는 것은 어불성설입니다. 그것은 사랑이라기보단 성욕에 기반한 '이성적 호감'으로 보는 편이 마땅합니다.

우리가 소위 '사랑에 빠져서' 이성을 보고 얼굴 붉히고, 보고 싶어서 안달이 나고, 살을 맞대길 원하는 일련의 것들은 사랑이 아닙니다. 이런 것들은 3년만 지나도 사라지는 충동적이고 일시적인 감정입니다. 실제로 많은 연인들이 3년 이내에 헤어지는 경우가 굉장히 잦은데, 이는 도파민이라는 호르몬의 영향입니다. 낯선 이성을 만나면 우리 뇌에서는 쾌락 호르몬인 도파민이 분비됩니다. 그 사람을 볼 때마다 도파민이 나오면 의욕이 솟고, 쾌감에 도취되는 것이죠. 그러나 도파민은 유효기간이 짧습니다. 한 사람당 평균 3년 가량만 높은 수치로 분비되고, 그 이후에는 대게 평상적인 상태로 돌아갑니다. 사람들이 흔히 말하는 권태기는 도파민의 수치가 낮아지기 시작하는 시점에서 주로 발생합니다.

이 이후에는 어떤 일들이 벌어질까요? 다시 도파민이 주는 쾌락을 맛보기 위해 다른 사람을 만나러 떠나가거나, 우리가 집에서 볼 수 있는 오래된 커플인 엄마와 아빠처럼 되는 것입니다. 정열에 불타던 남녀는 사라졌지만 우정과 의리로 서로를 배려하고 응원하는 사이에서 볼 수 있는 것이 바로 진정한 사랑입니다. 부부는 대략 60년 정도를 함께 합니다. 이들 사이에서 설레고 흥분되는 기간은 초기 3년 정도입니다. 그 이후에는 폭발하는 감정 대신 신뢰와 우정과 유대감이 도파민의 빈자리를 메꾸게 됩니다. 터질 것 같은 짧은 로맨스는 막을 내리고 잔잔한 만족감이 흐르는 진짜 사랑이 평생에 걸쳐 시작되는 것입니다.

정신의학자 에리히프롬은 저서 《사랑의 기술》에서 이렇게 얘기합니다. "사랑은 빠지는 것이 아니다. 사랑은 노력하고 기술을 연마하는 능동적인 참여 행위이다." 맞습니다. 우리는 사랑이라는 감정을 너무 홀대하는 경향이 있습니다. 자연스럽게 사랑에 빠지고, 감정에 내 몸을 내맡기는 식으로 말이죠. 그러나 그것은 절대 성숙한 사랑의 형태가 아닙니다. 연애와 결혼의 상당 부분은 지지부진할 정도로 매일 반복되는 일상입니다. 그 과정을 슬기롭고 능동적으로 노력하여 서로 간의 신뢰를 쌓아 가는 관계가 진정 성숙한 사랑입니다.

사랑도 기술입니다. 기술을 배우는 것처럼 우리는 사랑을 배울 때 이성적인 사고와 반성, 상대의 피드백 반영으로 누군가를 사랑하는 데 있어서 전문가가 되고자 하는 마음가짐이 있어야 합니다. 이러한 노력의 결과는 수십 년 동안 지속될 아름다운 부부관계로 승화됩니다. 또한 능동적으로 참여할 수 있는 '기술'을 갖추게 된 사람들은 운명의 상대를 찾지 않습니다. 누구나 자신의 곁에 오게 되면 운명의 상대처럼 대할 수 있는 준비가 되어 있으니까요.

# #

술이나 같이 마시는 사이가
친구라고?

어렸을 때는 참 놀 것들도 많습니다. 운동장에 공만 가져다 놓아도 아이들 십수명이 함께 축구를 하기도 하고, 친구 집에 놀러 가면 모든 것들이 다 장난감이 되고는 합니다. 나이가 조금 들어 중고등학교에 입학하면 피시방, 노래방 같은 곳에서 원 없이 놀고는 하죠. 모두가 똑같이 학교에 다니면서 똑같은 과목을 배우던 그 시기에는 저마다 생각은 조금씩 다를지 몰라도 매일매일의 경험은 비슷비슷했습니다. 때문에 공통적인 관심사나 고민을 갖고 있는 친구들을 찾기도 어렵지 않았죠.

그러나 어른이 되면 얘기는 조금 달라집니다. 자신의 취향과 개성이 확고해지고, 직업이 생긴 어른들은 어렸을 때 친구를 만나도 예전만 못한 기분을 느낍니다. 공유하는 경험도 적고, 살아가는 삶의 모양도 많이 달라지기 때문에 서로 공감할 수 있는 주제를 찾기가 힘들기 때문입니다. 그렇게 자연스럽게 멀어지는 친구들이 있는가 하면, 조금 다른 부류의 친구들도 있습니다. 바로 '술 친구'입니다.

이들을 만나면 그 자리는 술로 시작해서 술로 끝납니다. 자리에 있는 동안은 거나 하게 취한 친구들끼리 마치 옛날로 돌아간 듯이 신나게 옛날 얘기를 읊습니다. 친구가 창피를 당했던 이야기, 어른들 몰래 일탈했던 이야기, 싸웠던 얘기, 함께 여행을 갔었던 얘기. 만날 때마다 똑같은 레퍼토리의 반복이지만 마치 처음 들은 얘기 마냥 하하호호 웃으며 건배합니다. 그렇게 신나는 술자리 다음 날 아침 남는 것은 지독한 숙취와 공허감뿐입니다. 그리고 혼잣말로 이렇게 읊조립니다. "내가 다시는 술 마시나 봐라."

만나면 술만 마시고, 하는 얘기의 방향은 전부 과거를 향하고, 서로 간의 고민이나 삶의 철학에 대한 얘기는 오가지 않는 사이. 이런 관계를 친구 사이라 볼 수 있을까요? 친구를 어떻게 정의하느냐에 따라 다르겠지만, 적어도 서로를 파괴하는 사이를 친구 사이라고 부르지는 않을 듯합니다. 그런 사람은 친구가 아닌 밀어내야 할 사람입니다.

혹자는 이런 태도를 두고 '의리 없다'라고 얘기할지도 모르겠습니다. 그러나 진정 의리 없는 것은 친구의 발전을 가로막는 그들의 행태입니다. 우리에게 필요한 친구는 마음을 나누고 서로의 발전을 도모하는 호혜적인 관계의 친구입니다. 이는 친구 사이뿐만 아니라 모든 인간관계의 대원칙이기도 합니다. 그리고 그러한 친구와의 만남은 아무리 오랜 시간을 쏟아부어도 그 시간이 아깝지 않고, 되려 만난 후에 깊은 충만감과 유대감을 느낄 수 있습니다.

역사에서 칭송하는 바람직한 친구의 관계는 모두 서로를 성장시키는 관계였습니다. 백아와 종자기, 관중과 포숙아, 루소와 밀레 등이 그러한 관계입니다. 이들은 서로의 가치를 인정하고, 그것을 기반으로 동반하여 성장하는 이상적인 친구의 모습을 보여 주었습니다. 우리가 지향해야 할 친구 관계의 방향도 그러합니다. 인생은 짧고 유한합니다. 그 아까운 인생을 겨우 옛날 이야기와 술로 보내기엔 우리가 가진 가능성은 너무나 큽니다.

본인이 가진 가능성과 가치를 알아봐 주는 친구를 만나세요. 그 친구와 함께하는 1시간은 술 친구와 함께하는 10시간보다 값진 시간이 될 것입니다. 그리고 만남 후에 숙취 대신에 새로운 영감과 용기가 남을 것입니다. 같은 시간을 써야 한다면, 매일 술만 같이 마시는 친구가 아니라 진정 우리의 발전을 위하고 바라는 친구를 찾아가시길 바랍니다.

#

'나' 바로 알기

우리나라 속담 중에 '열 길 물속은 알아도 한 길 사람 속은 모른다.'라는 말이 있습니다. 이는 한 사람이 가진 생각과 가치관이 너무나 복잡하고 이해하기 힘들기 때문에 나온 속담입니다. 우리는 살면서 잘 알고 있다고 생각했던 사람들의 갑작스러운 말과 행동에 깜짝깜짝 놀라고는 합니다. 내가 봐 왔던 모습이 전부가 아니란 걸 깨닫게 되는 순간, 이 사람도 결국엔 내가 이해할 수 없는 '남'이구나를 실감합니다. 종종 친구나 연인뿐만 아니라 막역한 사이라 믿었던 가족들한테도 이러한 느낌을 받게 됩니다.

이 낯선 느낌은 항상 타인에게만 향하지는 않습니다. 누구보다도 잘 알고 있다고 생각했던 스스로에게도 가끔은 낯설고 어색한 모습을 발견하고는 합니다. 우리도 우리 스스로를 완벽히 모르고 있다는 뜻이죠. 평생을 함께 살았고, 또 앞으로도 함께 살아갈 '나'라는 존재에 우리는 그동안 너무 무심했던 것 아닐까요?

우리는 우리가 속한 집단 내에서 우리보다 큰 힘을 가진 사람들을 유심히 관찰합니다. 그들이 무엇을 좋아하고 싫어하는지, 어떤 사람을 좋아하는지 알아내려고 노력하고 동료들끼리 관련 정보를 교류하기도 합니다. 대학교 때는 교수님이 어떤 취향의 레포트를 좋아하는지 선배들한테 물어가며 알아내었고, 직장에서는 과장님이 어떤 커피를 좋아하는지까지 전부 외우고 있죠.

그러나 정작 우리 스스로에 대해서는 모르는 게 너무 많습니다. 분명히 자기 자신인데도 불구하고 가끔은 뭘 어떻게 해야 내 기분이 좋아질지, 더 나아가 어떻게 나라는 사람으로 세상을 살아가야 할지 막막하기만 합니다.

문제를 풀기 위해 가장 먼저 해야 할 것은 문제가 무엇인지 정확하게 인식하는 것입니다. 우리의 삶이 무언가 잘못됐다고 느껴진다면, 가장 먼저 해야 할 것은 삶이라는 게임의 플레이어인 나 자신에 대한 명확한 인식입니다. 나는 누굴까요? 어떻게 올바른 답을 이끌어 낼 수 있을까요?

1. 자기 관찰

나라는 사람을 타인이라고 가정해 봅시다. 그리고 우리는 이 '나'라는 사람에 대해 몹시 궁금해하고 있습니다. 여러분이 누군가에게 호감이나 흥미를 느끼면 그 사람의 행동 하나하나를 유심히 지켜볼 것입니다. 그것과 마찬가지로 이제 우리는 스스로를 제삼자가 된 것마냥 관찰할 필요가 있습니다. '나'라는 사람이 아침에 일어날 때는 무슨 생각을 하는지, 출근해서 동료들과 인사를 나눌 때는 어떤 기분인지, 하루 중 언제 가장 기뻐하고 슬퍼하는지를 면밀히 관찰해야 합니다. 관찰 결과를 일기나 앱에 기록해 놓으면 더할 나위가 없습니다.

2. 스스로와의 대화

여러분이 자기 관찰을 통해 '나'라는 사람에 대해 조금 알게 되었다면 이제부터는 심화과정입니다. 여러분 스스로에게 말을 걸어보세요. 왜 출근할 때마다 짜증을 내? 너 영업부 김 대리한테 호감 있구나? 원래 양파 싫어하는 것 같더니 요즘엔 잘 먹는구나 등등. 정말 타인에게 할 법한 대화를 시작해 보세요. 물론 답도 스스로 해야 합니다. 자문자답은 본인의 몰랐던 면모를 발견할 수 있는 아주 좋은 방법입니다. 대화가 진행될수록 표면적인 대화에서 점점 심층적인 대화로 진행됩니다. 그 과정에서 본인도 미처 생각해 보지 못했던 문제에 대해 고민하고, 또 그 고민을 어떻게 대하고 있는지를 알 수 있습니다.

3. 명상

자기 관찰과 대화가 외적인 탐구라고 한다면, 명상은 스스로의 내부를 들여다보는 내적인 영역입니다. 여기서는 행동의 관찰이나 질문이 필요치 않습니다. 그냥 조용하고 편안한 곳에 앉아서 지금 어떤 기분이 드는지, 어떤 생각을 하는지를 있는 그대로 느끼는 것입니다. 동서고금을 막론하고 현인들이 명상을 사랑한 이유는 가장 쉽게 접근할 수 있는 우주인 나의 내면을 들여다보는 행위이기 때문입니다. 호흡에 집중하여 나의 내면 세계를 들여다보면, 내 안에 어떤 우주가 펼쳐져 있는지 가늠할 수 있게 됩니다.

위 세 가지를 꾸준히 실천한 사람은 자연스럽게 본인에 대한 이해가 충분히 이루어진 사람이 될 수 있습니다. 본인이 누구인지를 알게 되면, 행복한 인생을 살 방법 또한 쉽게 구할 수 있습니다. 처음엔 많이 어색하고 낯간지러울 수 있으나, 행복으로 가는 왕도에 지불하는 소정의 차비 정도로 생각하고 꾸준히 실천하기를 바랍니다.

Chapter 3

일

#

좋아하는 일,
잘하는 일

어렸을 때 장래 희망이 무엇이냐는 물음에 우리는 대부분 직업명을 댔습니다. 한 개인을 특정 지을 수 있는 가장 뚜렷한 정체성이 바로 직업을 통해 드러난다는 뜻이겠지요. 어떤 직업을 고르느냐는 곧 어떤 인생을 사느냐로 직결되기도 합니다. 물론 현대에 이르러서 한 직업에 평생 종사하는 일은 사실상 불가능하다고 볼 수 있습니다. 그럼에도 우리는 한 번 일을 시작하면 짧게는 3년에서 길게는 십수 년을 종사하는 삶을 살게 됩니다. 인생에서 결코 짧지 않은 시간을 그 직업의 정체성을 갖고 살아가야 하기에, 직업을 고르는 일은 당연히 신중하고 또 신중해야만 합니다.

강연가들이나 자기개발서 저자들은 '좋아하는 일'을 하라고 열변을 토합니다. 좋아하는 일을 해야 진심으로 본인의 일을 즐길 수 있고, 그만큼 실적도 내는 법이라고요. 네 맞습니다. 노력하는 자는 즐기는 자를 이길 수 없는 법이기에 싫어하는 일을 꾸역꾸역하는 사람보다는 좋아하는 일을 즐겁게 해내는 사람이 직업 만족도도, 실적도 좋을 수밖에 없는 것이 사실입니다.

하지만 접근법을 조금 달리할 필요는 있습니다. 우리가 사회초년생이라 가정해 보죠. 우리는 짧은 아르바이트 생활 몇 번을 제외하고는 사회적 경험이 전무합니다. 무언가를 창조해 보거나 다른 사람의 불편을 해소해 준 경험이 희박하거나 거의 없죠. 사실상 직업의 세계에 대해 아는 것은 0이라고 할 수 있습니다. 그럼 이 시점에서 우리는 우리가 무엇을 좋아하는지 어떻게 알 수 있을까요? 당장 내가 좋아하는 것은 맛있는 것을 먹고, 친구들과 게임을 하는 것 외에 없을 수도 있는데 말이죠. 내가 회계 업무를 좋아하는지, 건축설계를 좋아하는지, 육체노동을 좋아하는지 머릿속으로 시뮬레이션을 백 번 돌려도 답을 찾기란 쉽지 않습니다.

여기서 한 가지 조금 낯선 생각을 들려드리겠습니다. 우리는 사실 모든 일을 즐겁게 해낼 수 있습니다. 태어나면서부터 각자의 즐길 거리가 정해져 있지는 않습니다. 우리는 자라면서 여러 경험을 겪고, 그 경험 중에서 자신이 성공적으로 수행했던 일들을 즐겁게 생각합니다. 어렸을 때 글을 잘 써서 칭찬을 받은 경험이 있으면 그 사람은 높은 확률로 글 쓰는 일을 즐기게 됩니다. 미술시간에 자신이 그린 그림이 복도에 걸리면 예술가의 길을 가게 될 가능성이 높아집니다. 거창한 일이 아니더라도, 게임을 생각해 보면 이해가 쉽게 되실 것입니다. 내가 활약하여 멋지게 이긴 게임은 즐겁고 흥분되지만 내가 두각을 드러내지 못하고 처참하게 패배한 게임에는 짜증만 쌓이는 것도 이와 같은 원리입니다. 이처럼 우리는 자신이 잘하는 것을 즐기게 되는 경향이 있습니다.

우리는 이제 일에 대한 중요한 사실을 하나 알게 되었습니다. 바로 '잘하는 일=즐거운 일'이라는 공식이죠. 그렇다면 우리는 이론적으로는 모든 일을 즐길 수 있다는 뜻이 됩니다. 즉, 어떤 일이라도 우리가 잘할 수만 있다면 그 일은 즐거운 일이 된다는 것입니다.

어떤 일을 잘하기 위해서는 무엇이 필요할까요? 먼저 그 일에 대한 지식을 꼼꼼하고 세밀하게 공부하는 것이 필요합니다. 처음에는 낯설고, 내 관심사와 맞지 않는 듯 보였던 일들도 내가 잘 아는 일이 되면 그 이후부터는 애기가 달라집니다. 남들이 모르는 부분을 내가 알고 있다면 같은 일을 해도 내 실적이 더 좋을 수밖에 없고, 이는 자연스럽게 인정과 수익으로 돌아옵니다. 이런 과정이 반복되면 나도 모르는 사이에 그 일을 즐기고 있게 될 것입니다.

이는 사랑과도 비슷합니다. 처음 연인을 만날 때를 객관적으로 생각해 보면 그 순간이 드라마틱하거나 이상적이지는 않았을 것입니다. 그러나 상대방에 대해 알아가고 긍정적인 경험들을 쌓다 보면 어느새 운명과도 같은 사람이 되어 있는 것과 일맥상 통합니다. 잘 알려고 공부하고, 잘하려고 노력하여 그 일에 일가견을 가진 사람이 되면 그 일이 무슨 일이든 간에 어느새 그 일을 즐기고 있는 당신을 발견하게 될 것입니다.

# #

생계를 이어 나가는
수단

'생계를 유지하기 위하여 자신의 적성과 능력에 따라 일정한 기간 동안 계속하여 종사하는 일.'

사전에 나와 있는 직업에 대한 정의입니다. 자아의 실현과 자기 효능감 등의 이유도 중요하지만 직업의 첫 번째 의의가 생계의 유지와 자본의 축적이라는 사실은 그 누구도 반론할 수 없을 것입니다. 그러나 우리 사회는 직업에 있어서 돈을 결부시켜 생각하거나 말하는 것을 터부시하는 경향이 있습니다. 본인의 세속적인 욕망을 표현하는 것을 저속한 것으로 여기는 유교문화의 풍토 때문으로 보입니다.

그러나 우리 사회를 움직이는 엔진은 이제 유교문화에 길들여진 사람들과는 거리가 먼 사람들입니다. 우리는 우리의 욕망에 솔직해져야 합니다. 우리가 많은 돈과 안락한 삶을 욕망하는 것을 부끄러운 일이 아닌, 자연스럽고 당연한 일임을 받아들여야 합니다.

몇 년 전 한국 내 축구선수가 유럽 리그로의 이적 제안을 거부하고 높은 연봉을 제시한 중국 리그로 이적한 일이 있었습니다. 네티즌들은 본인의 커리어와 한국 축구의 발전 가능성을 버리고 돈을 선택했다며 비난을 퍼부었습니다. 그의 이름을 중국식으로 발음한 멸칭까지 지어 주었고, 몇 년이 지났지만 아직도 그때의 멸칭이 선수의 등장 때마다 따라붙습니다. 누가 잘못된 걸까요? 본인의 가치를 높게 쳐 주는 팀으로 이적한 선수가 잘못한 걸까요? 아님 민족 정체성이라는 방패 아래 일말의 관계도 없는 타인을 공격하는 네티즌들이 잘못한 걸까요? 얘기할 가치도 없이 후자가 잘못된 것입니다.

프로와 아마추어의 차이는 자신이 이룬 성과에 대한 물질적인 보상이 이루어지는 가로 갈립니다. 또 프로의 세계에서도 급이 낮은 프로와 급이 높은 프로는 금전적인 지표로 나뉘어지는 것이 통상적입니다. 그렇기에 자신의 가치를 높게 판단하고 더 많은 연봉과 환경을 제공하겠다는 중국 구단의 제의를 뿌리칠 이유가 하나도 없는 것입니다.

현재 급여를 받고 일을 하는 직장인이거나, 혹은 사업가이거나 아니면 곧 사회생활을 시작할 학생 모두가 명심하여야 하는 사실입니다. 자본주의 사회에서 인간의 존엄성을 지키고 원하는 삶을 살기 위해선 돈이 필수적이고, 그 돈은 많으면 많을수록 내 삶에서 발생하는 수많은 문제 대부분을 제거할 수 있는 좋은 도구입니다. 돈만이 목적이 되는 삶은 지양해야 하지만 적어도 돈을 싫어 고안분 지족하는 삶을 이상으로 삼는 모순적인 태도는 이제 버려야 할 때라는 말입니다.

어떤 직업을 선택하거나 혹은 어떤 계약을 체결함에 있어서 돈에 대해 생각하고 얘기하는 것을 절대 부끄러워하지 말아 주세요. 자신의 삶의 어떤 절대적인 목표와 이상이 있다면 그것을 이뤄 주는 데 돈은 필수적인 역할을 할 수 있습니다. 우리는 몸 안에 내재된 욕망과 물질적인 필요를 자연스러운 것으로 받아들이고, 적극적으로 해소해 줘야 합니다. 욕망하지만 그렇지 않은 척 자신과 타인을 기만하는 것이 반복되면 속이 곪을 수밖에 없습니다.

#

외로움을 잊기
가장 좋은 방법

어떤 일에 너무 집중해서 시간 개념도 잊고 하염없이 그 일만 한 경험 있으신가요? 누군가는 그것을 게임으로 겪기도 하고, 누군가는 독서로 겪기도 합니다. 이 상태에 빠지면 누가 불러도 듣지 못하고, 졸리지도 않고 무아지경으로 자신이 하고 있는 일에 푹 빠지게 됩니다. 이처럼 글자 그대로 '시간 가는 줄 모르고' 그 일에만 몰두하는 상태를 우리는 '몰입'이라고 부릅니다.

몰입 상태에 들어서면 다른 모든 것은 생각나지 않습니다. 혹자는 수면욕도 느끼지 못한 채 어떤 일만 계속하다가, 그 일이 끝나서야 기절하듯이 잠들고는 합니다. 몰입하고 있는 사람의 머릿속에는 '나는 이 일을 해낸다'라는 생각 외에는 아무 생각도 들지 않습니다. 배고픔도, 졸림도 가볍게 넘길 수 있고 울리는 핸드폰 소리를 듣지 못하기도 하죠.

너무 비인간적인가요? 저는 오히려 몰입 상태가 인간적인 삶을 유지시켜 준다고 생각하고, 몰입 상태에 들어가기 위한 노력이 필요하다고 생각합니다. 우리가 살아가는 현대사회는 방해요소들이 곳곳에 널려 있습니다. 화려한 연예인들이 연일 등장하는 고화질 TV, 끊임없이 울리는 스마트폰, 다음 레벨로 승급해야 할 게임까지 한시도 우리가 해야 하는 일에 집중하도록 가만 놔주지를 않습니다. 실제로 주변의 직장 동료들이나 학우들의 모습을 쭉 훑어 보십시오. 일이나 공부를 하는 중간중간 스마트폰을 들여다보는 사람들을 적지 않게 확인할 수 있습니다. 문제는 이러한 집중의 와해가 심각한 우울과 자존감의 하락으로 이어질 수 있다는 것입니다. 5분마다 스마트폰을 들여다보는 사람의 실적이나 성적이 좋을 리가 없습니다.

또한 집중하는 상태가 깨지게 되면, 스마트폰 액정 속 쓸데없는 정보들과 함께 온갖 고민들이 머릿속을 채우기 시작합니다. 일하지 않는 두뇌의 느슨해진 틈 사이로 삶에 필요 없는 잡생각들이 침투하는 것이죠. 이러한 상황에서는 삶에 대한 행복감과 일의 성취 두 마리 토끼를 모두 놓칠 수밖에 없습니다. 잠깐의 호기심과 무료함을 참지 못하고 딴짓을 하는 것이 삶에 대한 전반적인 만족도를 떨어트릴 수 있습니다.

정보의 범람과 잡생각들의 환장의 콜라보를 막아내는 가장 좋은 방법은 무언가에 몰입하는 것입니다. 몰입할 대상이 무엇이 됐든 간에 효과는 있겠지만, 비생산적인 게임이나 미디어 소비보다는 시간과 노력을 들인 만큼 보상이 돌아오는 것에 몰입하는 것이 최적의 선택입니다. 저는 최고의 몰입 대상으로 '일'을 추천합니다.

연인과 헤어지고 힘들어하는 사람들이 가장 많이 듣는 말이 바로 '당분간 일만 해라'입니다. 이는 사회에 찌들어 감수성이 사라진 사람들이 제시하는 대피책이 아니라, 삶의 통찰력이 모두 들어간 안전하고 효과 좋은 처방입니다.

부정적인 인간관계로 인한 공허감, 외로움 등은 우리 삶을 불행하게 하는 나쁜 감정들의 대표들입니다. 이런 감정이 드는 것은 너무나 자연스러운 일이지만 그 감정들에 파묻히면 파묻힐수록 행복한 삶과는 멀어지게 됩니다. 누군가는 그 감정을 잊기 위해 술과 얕은 인간관계의 확장을 선택하기도 하지만 결과는 더욱 깊어진 부정적 감정으로 돌아옵니다. 그러나 일에 몰입하게 되면 결과는 확연히 달라집니다. 자신이 하고 있는 일에 몰입하여 괴로워하는 시간을 일과표에서 삭제해 버리면, 두뇌는 나쁜 감정들이 들어 찰 공간을 없애 버립니다. 모든 역량을 일을 해내는 것에 집중시키고 그것을 방해하는 생각이나 감정은 찬밥 신세가 되어 버리는 것입니다.

몰입의 시간이 어느 정도 흐르고 나면 나쁜 감정들은 어느새 사라지고 흔적조차 찾기 힘들게 됩니다. 반대로 내가 몰입한 일의 성과는 그 시간에 비례하여 비약적으로 성장해 있을 것입니다. 자신을 힘들게 하는 감정과 생각은 없애 버리고 커리어와 수익은 더 발전시키는 최선의 방법이 일에 대한 몰입이라는 것, 이제 여러분도 동감하시나요?

#

열심히 일하는 사람은
멋있어 보일 수밖에 없다

국내 뷰티기기 시장은 연 19.1%씩 성장한다고 합니다. 침체되거나 후퇴하는 다른 산업들과는 달리 꾸준한 성장세를 달리고 있습니다. 뿐만 아니라 커트 한 번에 5~6만원을 호가하는 고급 미용실 체인점도 날이 갈수록 그 세를 불리고 있는 것이 작금의 상황입니다. 시장이 점점 커진다는 것은 그 시장에 돈을 쓰는 사람들이 점점 더 많아지고 있다는 뜻이기합니다.

특히나 주목할 만한 것은 그동안 부끄러운 것으로 간주되어 왔던 남성들의 꾸밈에 대한 욕망이 터져 나오고 있다는 점입니다. 1990년대만 해도 남성 화장품의 상표권 출원은 56건밖에 되지 않았습니다. 그러나 2000년대 이후 이 수는 246건으로 4배 이상의 성장세를 보여 줍니다(한국보건산업진흥원, 특허청, 메리츠종금증권 리서치센터). 기초 화장품의 소비뿐만 아니라 메이크업 제품의 사용율이 급증한 것도 유심히 봐야 하는 부분입니다. 이제 남에게 좋게 보이기 위한 욕망에 성별의 구분 따위는 존재하지 않습니다.

운동을 해서 멋진 몸매를 만들고, 화장을 통해 얼굴의 단점을 보완하고, 명품 옷을 입어서 본인을 뽐내는 것은 매우 건강한 현상입니다. 본인이 가지고 있는 장점을 최대화하고 시장에 자본의 흐름을 원활하게 하는 바람직한 소비 형태라고 말할 수 있습니다. 그러나 진정한 멋은 외관에서 완성되지 않습니다. 마음이 더 중요하다는 뻔한 말을 하려는 것이 아닙니다. 마음은 우리가 확인할 수 없는 것이기에 '멋'을 논함에 있어서는 매우 불확실한 부분이기 때문입니다.

제가 말하고자 하는 것은 누구나 확인 가능하고, 또 누구나 공통적으로 멋있게 보는 것입니다. 바로 일을 열심히 하는 것입니다. 본인에게 주어진 일을 열심히 수행하는 사람은 무조건 멋있어 보입니다. 여기서 말하는 '일을 열심히 하는 것'이란 일을 많이 하는 것과는 본질적으로 다른 얘기입니다. 일을 많이 하는 것은 누구나 할 수 있습니다. 대충 시간만 떼우면서 일을 하는 척 하는 시간이 많아도 겉으로 보기엔 일을 많이 하는 것처럼 보이니까요. 그러나 일을 열심히 한다는 것은 본인이 해야 할 일에 애정을 갖고 적절한 시간과 노력을 투자하는 행위를 이릅니다.

사람들이 열심히 일하는 사람에게 매력을 느끼는 이유는 간단합니다. 열심히 일하는 사람은 성실하고 자존감이 높으며, 또 높은 수익과 사회적 지위를 갖고 있을 확률이 높기 때문입니다. 명품 옷을 입고 비싼 악세사리를 착용하는 이유는 무엇일까요? 예쁜 디자인도 있겠지만, 로고가 없으면 판매율이 떨어지는 현상을 설명하려면 다른 이유가 필요합니다. 가장 큰 이유는 바로 '나는 이러한 것들을 살 수 있는 능력이 있다'를 과시하기 위함입니다. 이 긴 문장을 굳이 본인의 입으로 말할 필요 없이 명품 옷 한 벌로 표현이 가능하니 사람들은 구매를 망설이지 않습니다.

그러나 그런 메시지를 더 건강하고 세련되게 표현하는 방식이 바로 열심히 일하는 것입니다. '나는 내일에 애정을 갖고 열심히 일하는 성실하고, 능력 있는 사람이다'라는 메시지를 열심히 일하는 모습으로 증명하는 것보다 쉬운 방법이 있을까요? 정말 멋있는 사람으로 보이기 위해서 우리는 본인이 하는 일에 애정을 갖고, 그 일을 더 열심히 하는 것을 추구해야 합니다. 설사 그런 행위 뒤에 사람들의 관심을 끌지 못한다고 하더라도, 내 커리어와 자본은 그 빈자리를 두둑하게 채워 주고도 남을 것입니다.

#

워라밸?
도망은 이제 그만

　'WOrkLIfeBALance', 워라밸이란 일과 삶의 균형을 뜻하는 신조어입니다. 일과 생활을 철저히 분리하여 그 균형을 이루어야 한다는 뜻이죠. 언뜻 보기에는 굉장히 중요하고, 또 그 균형을 지켜야만 자유로운 삶을 살 수 있을 것 같습니다. 지긋지긋하고 재미없는 직장에서 퇴근시간만 기다리는 것과 맛있는 음식을 먹으면서 넷플릭스를 보는 여가시간은 마치 공존할 수 없는 양극단의 것처럼 느껴지기 때문입니다. 일이라는 존재가 내 삶 전체를 잡아먹지 못하도록 침범할 수 없는 선을 긋는 것이 워라밸을 지키는 요지입니다.

그러나 진정 일의 가치를 알고, 열심히 수행하는 사람들은 워라밸이 중요하다고 열변을 토하는 사람들의 말을 들었을 때 고개를 갸웃거리게 될 것입니다. 워라밸을 지키려고 열심인 사람들은 '일이란 지루한 것이지만 생계유지를 위해 어쩔 수 없이 하는 것'이라는 전제를 고수하기 때문입니다.

이것을 성적이 낮은 학생의 상황에 비유할 수 있습니다. 성적이 낮은 학생 A는 학교에서 성취할 만한 것이 없습니다. A는 본인 생각에 공부는 적성에 맞지 않는 것 같고(열심히 해 본 적은 없지만), 빨리 하교해서 PC방을 가는 것이 하루의 유일한 목적입니다. 그리고는 이렇게 말하죠.

"공부는 재미없고 어려운 것이라 안고 있으면 스트레스만 받아, 그렇지만 학교는 꼭 다녀야 하니까 억지로 참고 졸업만 해야지! 그동안은 하교 후에 게임하는 걸로 내 인생을 즐길 거야."

건강한 사고방식일까요? 혹시 당신이 A학생의 부모라면 어떤 조언을 해 주고 싶으신가요? 너의 삶은 한 번뿐이니 마음껏 즐기라고 하실 건가요? 혹은 시간과 노력을 들여 성취하는 것이 얼마나 즐거운 것인지 알려 주실 건가요? 당연히 당신은 후자를 선택할 것입니다.

문제가 있다면 그것을 회피할 것이 아니라 분석하고 해결해야만 합니다. 학교가 재미없고 피시방만 가고 싶은 아이는 제대로 공부해 본 경험이 없을 가능성이 높습니다. 그런 아이들에게 공부의 이유와 공부하는 방법을 알려 주는 것이 제대로 된 처방이지, 공부는 원래 재미없으니 게임이나 하라는 조언은 너무 무책임합니다.

마찬가지로 직장이나 사업이 재미없다면 분명히 그럴 만한 이유가 있는 것입니다. 그럴 때는 일과 내일상을 분리하려고 노력할 것이 아니라, 일이 왜 지루하게 느껴지는가를 고민해야 합니다. 직장 내에서 본인의 재능을 떨칠 기회가 부족해서인지, 공적을 제대로 인정받지 못해서인지, 혹은 본인이 하는 일에 대해서 제대로 공부해 본 적이 없어서 숙련이 덜 되었다든지. 이유는 정말 많고 복잡할 것입니다. 척척 해답이 나오는 문제는 아니지만, 하기 싫은 일을 억지로 하는 불행한 삶을 멈추고 진정으로 충만한 삶을 살기 위해서는 반드시 고민해 볼 법한 과제입니다.

Chapter 4

여가

# #

공허감 느끼지 않고
여가 즐기기

근래만큼 다양한 여가생활을 즐길 수 있는 시대도 또 없습니다. 교통수단의 발전으로 언제 어디든 갈 수 있게 되었고, 오프라인뿐만 아니라 온라인에서도 경험할 수 있는 콘텐츠가 넘쳐나는 지금입니다. 이제는 특정 개인을 판단할 때 어떤 여가 생활을 보내는지가 직업 못지않게 중요해 졌습니다. 영화 감상, 캠핑, 웨이트 트레이닝, 독서, 음악 감상 등 등 어떤 여가 생활을 향유하느냐에 따라 그 사람이 풍기는 분위기와 개성도 저마다 다르게 느껴집니다. 바야흐로 여가가 단순 시간 보내기에서 나를 표현하는 수단으로 자리잡게 된 시대입니다.

이제 여가는 단순한 휴식과 재충전의 의미를 넘어선 더욱 고차원적인 개념이 되었습니다. 노는 것도 열심히, 잘 놀아야 하는 시대가 도래한 것이죠. 여가시간을 현명하게 잘 보내는 사람이 나아가 일과 전반적인 인생도 현명하게 보낼 것이라는 추론이 가능하기 때문입니다. 그렇기 때문일까요? 최근엔 여가생활에 무지막지한 돈과 시간을 쏟아 붓는 사람들을 심심치 않게 찾아볼 수 있습니다. 본인의 경제력으로는 충당하기 힘든 수백만 원짜리 낚시 세트, 고급 골프채 세트, 캠핑카 등을 구매하며 SNS에 마치 일상인 듯 자랑하는 사람들이 대표적인 예입니다. 이뿐일까요? 여가와 일의 우선순위가 뒤바뀌어 일은 뒷전으로 하고 빨리 퇴근하여 여가를 즐길 생각만 하는 사람들도 있습니다. 이들은 결국 불행해지게 되어 있습니다.

혹자는 이렇게 말할 수도 있습니다. "일로 받은 스트레스를 여가로 푸는 것이 무엇이 잘못된 것이냐?" 일을 할 때 받는 부담감과 스트레스를 여가로 건강하게 푸는 것은 전혀 문제가 없습니다. 문제가 되는 것은 '일을 제대로 하지 않고' 여가에 모든 에너지와 시간을 할애하는 풍토입니다. 여가의 '여'는 한자 남을 여餘입니다. 남는 시간과 에너지를 일이 아닌 것에 투자하는 것이 바로 여가의 본질입니다. 즉, 여가는 인생에 있어서 부수적인 것이지 절대 그것이 본질이 될 수는 없습니다.

본인의 역량을 키우고, 직장에서 인정받고 사업을 확장시키는 것은 뒤로한 채 대출을 받아 떠나는 해외여행에서 그들은 무엇을 느낄까요? 필히 공허함과 불안함을 떠안고 있겠지만 그것을 압도하는 허영심과 무력감에 굴복되어 SNS에 인증샷으로 스스로 행복하다는 주문을 외고 있을 것입니다. 그러나 그것이 공염불에 불과하다는 것을 모르는 이는 없습니다.

그렇다면 진정 행복한 사람들은 어떤 여가를 보낼까요? 위에서 예시로 든 사람들과 딱 반대인 삶을 상상하면 쉽습니다. 행복한 이들은 일과 여가 사이의 우선순위를 명확히 인식하고 있습니다. 일은 자신의 자아를 실현하고 생계를 떠받들어 주는 삶의 근간, 여가는 일을 모두 끝내 놓고 휴식과 이완으로 힘을 비축하고 영감을 얻는 시간. 이렇게 그들은 각각의 시간이 어떤 의미를 갖고 있는지 너무나 잘 알고 있기 때문에 우선순위를 헷갈리는 실수를 하는 법이 없습니다. 명심해야 합니다. 일이 우선이고 그 일을 다 해 놓은 뒤에 여가를 즐기는 순서를 말입니다.

무조건 워커홀릭이 되어야 한다는 말이 아닙니다. 다만, 즐거운 여가를 보내기 위해서도 이러한 순서가 필수적이라는 것을 꼭 말하고 싶습니다. 해야 할 일을 미뤄 두고 즐기는 여가는 절대로 즐거울 수가 없습니다. 그 순간순간이야 잠깐의 쾌락을 느낄 수는 있겠지만, 미뤄 둔 일이 떠오르는 즉시 모든 감흥은 깨지고 본인이 마무리해야 할 일의 분량과 데드라인이 망령처럼 쫓아다니는 경험을 하게 될 것입니다. 반대로 일을 모두 끝내 놓은 상태라면? 여러분이 무아지경으로 무얼 하든 간에 그 흥을 방해할 거리가 없는 것입니다! 되려 일을 끝냈다는 성취감과 후련함이 여가 생활의 재미를 더욱 돋구어 줄 것이 분명합니다.

똑똑한 독자분들은 제가 말하고자 한 느 바의 근간을 알아채셨을 겁니다. 그것은 시간을 대하는 제일 기본적인 법칙인 '주어진 시간에 최선을 다하기'입니다. 일할 시간에 제대로 일하고, 여가시간에는 제대로 휴식하고 노는 것이 우리의 시간을 현명하게 보내는 최고의 방식입니다.

# #

예술은 상류층만
즐기는 것이 아니다

예술하면 무엇이 떠오르시나요? 웅장한 홀에서 베토
벤을 연주하는 오케스트라와 정장을 빼 입은 관객들이 연
상되나요? 혹은 난해하기 짝이 없는 현대미술 작품 앞에서
눈물을 흘리는 귀부인이 떠오르나요? 우리가 생각하는 이
런 전형적인 예술은 사실이제는 극소수만 향유하는 옛날
문화양식입니다. 작금의 추세는 생활 속에 녹아든 모든 감
각적인 것을 예술로 승화하는 것이 트랜드입니다. 대표적
으로 스티브 잡스의 위대한 작품 '아이폰'을 들 수 있습니
다.

아이폰이 시장에 나오기 이전에도 이미 인터넷이 되는 핸드폰은 존재했고, 출시 이후에는 아이폰보다 저렴하고 성능 좋은 스마트폰들이 범람하듯 시장에 등장했습니다. 그리고 2021년 현재, 여전히 아이폰은 세계 스마트폰 시장의 맹주로서 군림하고 있습니다. 중국 회사들을 필두로 모두 저가 제품들을 양산하여 인구가 많은 제3세계 국민들을 대놓고 타기팅 했음에도 불구하고 고가 정책을 지속적으로 펼친 애플에겐 적수가 될 수 없었습니다. 왜냐하면 다른 기업에 그저 스마트폰을 만들 때, 애플은 예술작품을 만들었기 때문입니다.

아이폰은 1대 디자이너 조너선 아이브 이후에도 폰트와 모서리의 각도, 소재, 소프트웨어 하나하나를 예술로 승화시키고자 노력하였습니다. 다른 회사들이 원가 절감의 늪에서 허덕이고 있을 때 홀로 고고하게 100만 원 넘는 스마트폰을 생산하는 위엄을 보이기도 했습니다. 그리고 스마트폰 가격을 엄청나게 높여 버린 결과는 의아하게도 대성공이었습니다. 이미 예술이 된 아이폰 앞에서 높은 가격은 오히려 아이폰의 예술성을 반증하는 하나의 도구일 뿐이었습니다.

최고는 최초를 이길 수 없다는 말은 이미 옛말이 되어 버렸습니다. 아무리 첨단 기술을 최초로 발명한 회사라고 해도 그것을 기술에서 예술로 승화시키지 못하는 이상 절대 최고의 자리에 오를 수 없습니다. 반면에 후발주자라고 하더라도, 예술을 하는 집단은 그 시장에서 맹주의 자리에 군림할 수 있습니다. 그들은 기술에 창의적이고 집요한 특성들을 부여하여 무한한 가치의 상승을 야기하기 때문입니다.

그럼 이러한 예술적 결과와 작품들을 내기 위해서는 어떻게 해야 할까요? 예대 출신이 아닌, 그림을 잘못 그리고 악보도 읽을 줄 모르는 우리 같은 평범한 사람들은 어떻게 예술을 할 수 있을까요? 답은 간단합니다. 평소에 다르게 생각하는 습관, 집요하게 매달려서 끝을 맺는 습관, 자신에게 주어진 일을 즐기는 마인드를 갖고 있으면 됩니다. 이것은 단순히 잘하는 것과는 차원이 다른 문제입니다. 잘하는 것은 그냥 정해진 매뉴얼을 빠짐없이 따르는 것을 말합니다. 하지만 정해진 것을 따르기만 하면 기존에 시장에 널려 있는 기성품들과 똑같은 것을 내놓게 될 뿐입니다. 우리가 하고자 하는 것은 이 세상에 없었던, 혹은 이 세상에 없는 것 '같았던' 것을 만들어 내는 것입니다.

이 자리를 빌어 평범한 사람도 예술가로 변신시켜 주는 간단한 행동 강령들을 알려드리겠습니다.

1. 다르게 생각하라

억지로라도 평소에 하는 사고방식을 버리고 새롭게 생각하려 노력해 보는 것입니다. 맨날 보는 친구를 다른 관점으로 관찰하여 그동안 몰랐던 장점을 찾아낸다든지, 매일 쓰던 도구를 다른 방식으로 사용해 보면서 똑같은 것이라도 다르게 생각하고 나름의 가치를 부여하는 연습을 하는 것입니다.

2. 변화해라

급격한 변화를 말씀드리는 것이 아닙니다. 눈썹 모양부터 옷 입는 스타일, 말투, 듣는 노래, 읽는 책 등 바로바로 바꿀 수 있는 것들을 계속 바꾸어 보세요. 거울에 비친 자신의 모습과 평소 향유하는 것들이 달라지면 마찬가지로 자의식과 사고방식 또한 달라지기 마련입니다. 더 다양한 관점을 취득할수록 창의적인 아이디어가 나올 가능성은 높아집니다.

3. 즐겨라

아이들이 놀이를 하거나 그림을 그릴 때를 보면 그토록 독창적일수가 없습니다. 세상이 정해놓은 틀에 갇히지 않고 본인들이 진정 즐거워하는 것을 하는 아이들의 모습이야말로 진정한 예술가의 모습이라 할 수 있습니다. 그 근본은 바로 즐기는 것입니다. 억지로 어떤 일을 하게 되더라도 분명히 유심히 살핀다면 즐길 수 있는 부분이 있습니다. 그리고 그 부분을 발견한 순간 여러분은 예술가가 될 수 있는 실마리를 발견한 것과 마찬가지입니다.

# #

휴일에
스마트폰은 내려놓자

우리가 하루 동안 가장 많이 하는 행동은 무엇일까요? 우리는 하루 평균 100분이 넘는 시간을 스마트폰을 들여다본다고 합니다. 100분이라고 하면 짧은 시간처럼 보일 수도 있지만, 한 번에 100분을 보는 것이 아니라, 30초, 1분씩 띄엄띄엄 스마트폰을 보는 것을 감안하면 우리는 엄청난 횟수로 스마트폰을 확인하는 것이라는 결론이 나옵니다.

이는 어찌 보면 당연한 결과입니다. 스마트폰에 들어가는 어플리케이션의 수익은 대부분이 '광고'에서 나옵니다. 광고비를 많이 받으려면 어떻게 해야 할까요? 잠재적인 고객들에게 그 광고를 많이 노출시키는 것이 답입니다. 그렇게 때문에 어플리케이션을 개발하는 사람들은 사람들이 어떻게 하면 자신들의 어플을 하루 종일 확인할지를 연구합니다. 내로라하는 석학들이 사람들을 현혹하는 방법을 연구해서 시장에 내놓으니, 우리가 홀린 듯이 스마트폰을 들여다보는 것은 어쩌면 당연하게 보이기도 합니다. 그렇다고 스마트폰에게 우리의 소중한 시간들을 넋놓고 뺏기는 것을 방치하라는 뜻은 아닙니다.

문제는 스마트폰이 그 이름과는 다르게 우리를 점점 멍청한 상태로 만든다는 것입니다. 스마트폰의 등장 이래 인간은 실생활에서 엄청난 혜택들을 누릴 거라 기대했습니다.

그러나 돌아온 것은 집중력 결핍과 스마트폰 중독이었습니다. PC만이 유일한 인터넷 연결기기였을 때는 검색을 하거나 SNS를 이용하기 위해서는 집이나 특정 장소에 들러야만 했지만 현재는 언제 어디서든 그것이 가능해졌습니다. 그런데 이 검색과 소통을 향한 인류의 욕망은 측정이 불가능할 정도로 강력한 것이라, 진짜 집중하고 수행해야 할 일에는 소홀하게 되는 불상사를 낳고 말았습니다. 스마트폰이 스튜피드폰이 돼 버린 것입니다.

원래 세계는 본인들의 이득을 챙기기 위해 우리를 집중력을 분산의 상태로 빠뜨리려고 노력합니다. 그러나 우리는 이에 저항하고 우리만의 시간을 확보할 수 있도록 화려한 카피와 이미지를 극복하는 법을 배워야만 합니다. 스마트폰 중독에서 벗어나는 것에 왕도는 없습니다. 누군가는 사용시간을 정해 놓기도 하고, 또 누군가는 아예 스마트폰을 사용하지 않기도 합니다. 세세한 방법을 찾아다니는 것보다는 본인이 스마트폰에서 자유로울 시간을 확보하겠다는 의지가 제일 중요합니다.

진정한 자유는 온전한 혼자를 누릴 수 있는 자에게만 주어집니다. 그가 혼자서 자신의 생각을 정리할 때, 새로운 작품을 구상할 때, 본인의 인생을 돌아볼 수 있을 때 시간과 공간을 초월한 진정한 자기만의 세상을 추구하는 자유가 주어지는 것입니다. 그 고도의 집중 상태에 스마트폰 같은 불청객이 끼어들 틈을 없애야 합니다. 스마트폰은 그 자체로 똑똑한 기기가 아닙니다. 사용자가 현명하게 사용해야 진정으로 스마트한 핸드폰으로의 역할을 수행할 수 있습니다. 본인이 집중해야 할 때, 휴식해야 할 때는 용감하게 스마트폰을 꺼 버리는 용기가 있어야 합니다.

여러분들이 들고 있는 그 스마트폰은, 사실 여러분의 태도에 따라서 스마트폰이 될 수도 혹은 스튜피드폰이 될 수도 있습니다. 저는 여러분이 현명하게 본인의 시간을 확보할 수 있는 사람이 되기를 바랍니다.

# #

여가도 계획적으로

어떤 일을 제대로, 완벽하게 해내기 위해서 제일 먼저 필요한 것은 구체적이고 실현 가능한 계획입니다. 언제 어디서 무엇을 어떻게 해야 할지를 첫 단추부터 세밀하게 설정해 놓는다면 본인이 수행하려고 했던 계획이 성공할 가능성을 최대로 올릴 수 있습니다. 그것이 일이 됐든, 운동이 됐든, 인간관계가 되었든 말이죠.

물론 인생에는 종종 예상치 못한 변수들이 우리의 탄탄대로를 방해하고는 합니다. 그러나 명확한 계획이 있을 때와 그러지 못할 때를 생각해 보면, 똑같은 변수가 발생해도 전자가 그것을 극복하고 성취하려던 소기의 목적을 달성할 가능성이 높아 보입니다. 그들은 계획을 세우면서 목표의식을 더욱 공고히 했기 때문입니다.

결국 계획은 모든 일에 앞서 제일 먼저 해야 하는 행위라는 뜻이 됩니다. 요리를 할 때도 계획이 없이 시작하면 주방은 엉망이 되고 완성된 음식의 맛도 가늠하기 힘듭니다. 하물며 우리의 여가생활은 어떨까요? 수많은 변수가 곳곳에 숨어 있을 텐데 여가시간은 쉬는 시간이니까 그냥 유야무야 넘기면 되는 것일까요? 물론 아닙니다. 여가 또한 명확한 계획과 목적의식이 있어야 즐겁게 보낼 수 있는 하나의 생산적인 활동이 되어야만 합니다.

예를 들어 여러분이 여행을 가는 상황을 상상해 봅시다. 휴가를 맞아 대학 동기들끼리 여수를 가기로 했는데, 여행 날짜 이틀 전까지 아무런 계획도 오가지 않다가, 하루 전이 되어서야 부랴부랴 숙소를 구하고 여행코스를 짰다면 그 여행이 성공적인 확률은 얼마나 될까요? 관광지와 멀찌기 떨어져 있는 숙소와 비위생적인 식당들에 질려 서로 싸움이나 나지 않으면 다행일 것입니다.

반대로 여행 일정을 일주일 전부터 계획했던 팀은 그 상황이 완전히 반대일 것입니다. 가고 싶어 했던 관광지와 최대한 가까이 있는 깔끔한 숙소를 골랐을 것이고, 여러 리뷰 사이트와 경험자들의 얘기를 토대로 그 지역에서 제일 맛있는 식당을 찾아다녔을 것입니다. 여행에서 돌아와 자기 집 침대에 누울 때쯤엔 아쉬움과 여운이 남는 최고의 여행이었다고 생각하게 되겠죠.

계획은 그 이름이 주는 특유의 거창함 때문에 누군가에게는 굉장히 힘들고 딱딱한 것이 될 수도 있습니다. 그러나 계획의 본질은 세분화에 있습니다. 큰 덩어리인 목표를 잘게 잘게 쪼개서 지금 당장이라도 할 수 있는 아주 작은 최소 행동단위로 만드는 것에 그 의미가 있는 것입니다. 예를 들어서 여행이 목적이라면 제일 첫 번째 계획이 돼야 할 것은 여행사이트 접속입니다. 그 뒤는 그 지역을 검색하는 것이고, 그 다음은 마음에 드는 관광지 다섯 곳을 고르는 것입니다. 이 각각의 계획을 꼭 한 번에 할 필요도 없습니다. 그러나 여러분이 이 작은 행동단위들을 수행하다 보면 어느새 거대하다고 느꼈던 여행 계획이 완성이 된 모습을 볼 수 있을 것입니다.

옛말에 유비무환이라 했습니다. 준비를 철저히 해 둔 자에게는 근심이 없다는 뜻입니다. 저는 이성어를 조금 바꾸어 유비유희라고 하고 싶습니다. 준비를 잘하면, 반드시 기쁨이 있을 거라는 뜻입니다. 여러분이 부디 계획적인 삶을 생활화하여 여가와 휴식 모두 근심 없이 기쁘게 즐길 수 있게 되기를 바랍니다.

#

나와 어울리는
여가활동 찾기

요즘 사람들은 여가시간에 무엇을 하는 것을 가장 선호할까요? 2018년도에 문화체육관광부에서 진행한 설문에 따르면 가장 많은 사람들이 선택한 여가활동은 취미 오락과 휴식이라고 합니다.

더 구체적으로 들어가면 TV 시청과 웹서핑입니다. 물론 어떠한 콘텐츠를 소비하느냐에 따라 달라지겠지만, 일방적으로 표면적인 정보를 받아들이기만 하면 우리의 활동에 불균형이 올 가능성이 높아집니다. 인간은 본래 받아들이고, 그것을 재가공해서 출력하는 소통이 반복되어야 합니다.

이러한 소통 없이 받아들이기만 계속한다면 본인이 지루해지는 것은 물론, 스스로의 힘으로 생각하는 사고력과 다른 관점으로 생각하는 창의력의 부재로 이어질 위험이 있습니다.

그러나 막상 다른 여가활동을 해보려고 해도 무엇이 나에게 맞는 활동인지 찾기가 쉽지 않습니다. 여가활동의 종류는 상상을 초월할 정도로 다양하지만 오히려 그 다양함에 압도되어 우리는 쉽사리 선택을 내리지 못하는 상황에 이른 것입니다. 그래서 저는 여가활동의 유형을 크게 네 가지로 분류해 보았습니다. 물론 세상에는 정말 많은 활동들이 존재하지만, 저는 배우고 '실천하는 것'에 집중하여 정리해 보았습니다.

1. 운동하기

여러분은 수많은 유튜브 영상과 생활정보 TV 프로그램을 통해 운동의 중요성을 인식하고 계실 것입니다. 그러나 그것을 실천하는 사람은 절대적으로 적습니다. 이는 인간의 본능이 에너지를 축적하고 최대한 움직임을 줄이는 것을 선호하는 방향으로 진화했기 때문입니다. 머리로는 알고 있지만 우리의 오래된 본능이 애써 그것을 무시하고 짓누르는 것입니다. 우리가 본능이라는 거대한 관성을 이기고 운동을 하려면 제일 먼저 신발끈을 매야 합니다. 비유적인 표현이 아니라 정말로 신발끈을 매시면 됩니다. 신발을 신은 이상 우리는 밖으로 나가게 되고, 밖으로 나간 이상 뛰는 걷든 몸을 움직이게 됩니다. 것이 하루하루 반복되면 자연스럽게 루틴이 되어 있을 것입니다.

2. 여행하기

변화에 있어서 가장 중요한 것은 본인이 처해 있는 공간적 상황을 바꾸는 것입니다. 그것은 이직이나 이사가 될 수도 있지만, 가장 리스크가 적은 공간적 변화는 바로 여행입니다. 지금 여러분이 수개월 혹은 수년간 겪은 배경과 시스템을 벗어서나 전혀 다른 곳에서 시간을 보내는 것은 여러분에게 새로운 영감과 관점을 심어 줄 것입니다.

여행지에서 새로 만나는 사람들은 또 어떻고요. 완전히 낯선 사람과의 대화는 신선한 관점을 흡수하기에 더할 나위 없는 좋은 기회입니다. 창의적인 생각과 일상에서의 탈출을 원하는 분들이라면 제일 먼저 고려해 보아야 할 취미라고 생각합니다.

3. 만들기

회계사나 세무사 등 전산을 다루는 업종에서 우울증이 많이 발생한다고 합니다. 가장 큰 이유는 눈에 보이는 무언가를 생산하지 않기 때문에 무의식적으로 본인을 '비생산적'인 사람으로 인식하기 때문인데, 이러한 사람들에게 권유되는 치료법 중 하나가 간단한 수공예입니다. 그림 그리기, 목공예, 뜨개질 등 무언가 노력하고 행동하면 그것이 보고 만질 수 있는 물질로 만들어지는 행위가 그들이 직업활동에서 느끼는 공허함을 상쇄시킵니다. 만약 여러분이 전산과 경리 관련 직종에 종사하고 계시다면 추천드릴 수 있는 활동입니다.

4. 쓰기

여러분이 어떤 기호를 갖고 있든지, 혹은 어떤 직종에 종사하는지에 상관없이 누구에게나 도움이 될 수 있는 활동입니다. 본인의 일상을 블로그에 적는 소소한 소통의 창구로 활용하는 방법부터, 전문적인 지식을 정리하여 책으로 내는 것까지 이 활동의 스펙트럼은 굉장히 넓습니다.

이 활동의 가장 큰 장점은 그 어떠한 인프라도 필요하지 않다는 것입니다. 그냥 컴퓨터나 노트북, 스마트폰 한 대만 있어도 언제 어디에서나 당신의 생각을 담은 글 한 편을 적어 낼 수 있습니다.

Chapter 5

건강

# #

행복의
시작과 끝

　많은 돈, 나를 존중해 주는 사람들, 사회적 지위와 명예 모두 중요한 것들입니다. 행복을 이루는 수많은 요소들 중에서도 중요한 위치에 있는 것들이죠. 성직자나 초인이 아닌 이상 인생에서 이것들을 욕망하지 않는 사람들은 없습니다. 이것들은 우리가 태어나면서부터 가지고 있는 것들이 아니라 노력과 시간과 에너지를 투자해야만 얻을 수 있는 획득 특징입니다. 그러나 이 모든 것을 다 합친 것보다 중요한 것이 있습니다. 그것은 태어나면서부터는 모두가 갖고 태어나지만, 자라면서 각자 삶의 방식에 따라 유지할 수도, 결핍될 수도 있는 것입니다. 그것은 바로 건강입니다.

행복이 있으려면 일단 나라는 사람이 존재해야만 합
니다. 행복이란 감정을 느낄 수 있는 주체가 없다면 아무리
돈과 지위, 명예를 손에 넣는다고 한들 그것이 무슨 의미가
있을까요? 골대도 없는데 아무리 슛을 차봤자 점수가 안
올라가는 것과 마찬가지입니다. 그렇기 때문에 건강은 행
복의 시작이자 끝이라고도 볼 수 있습니다.

건강하다는 것은 정확히 어떤 것일까요? 병이 없는 상태라고 하기에는 특별히 병은 없는데 몸이 허약한 사람들이 이를 반박할 것입니다. 그것은 너무 기본적인 전제이고, 거기에 몇 가지를 덧붙여야 합니다. 제가 생각하는 건강은 병이 없는 상태에서 나아가 몸의 모든 구성요소들이 제 역할을 제대로 수행할 수 있는 상태입니다. 공장으로 비유하자면 모든 생산라인, 포장라인, 유통라인의 수많은 기계들이 고장 없이 원활하게 돌아가서 상품을 문제없이 찍어 내는 상태를 말하죠.

눈이 건강하여 사물이 잘 보여야 하고, 피부는 외부의 오염물질로부터 우리를 보호해야 합니다. 귀는 소리를 잘 들어야 하고, 치아는 음식을 씹는 데 무리가 없어야 합니다. 이렇게 눈에 보이는 기관뿐 아니라 대장, 폐, 간, 신장 등 우리 내부에 있는 내장기관과 우리의 본체라고 할 수 있는 뇌 즉, 정신건강 또한 제 역할을 수행해야 비로소 건강하다고 말할 수 있습니다.

이처럼 우리 몸을 이루고 있는 모든 기관들이 제 역할을 제대로 수행할 때 인간은 그때부터 행복을 받아들일 준비가 되는 것입니다. 그렇기에 건강은 진정 행복의 시작인 동시에 끝인 셈입니다.

# #

정신건강과
육체건강

건강한 육체에서 건강한 정신이 나온다는 구절을 익히 들어 보셨을 겁니다. 많은 사람들은 이 유명한 문장이 갖고 있는 뜻을 건강한 신체를 먼저 만들어야 건강한 정신을 가진 인간이 될 수 있다고 풀이했는데요, 사실은 이와 다릅니다. 하지만 사실, 이 구절의 주인인 로마의 시인 유베날 리스는 완전히 다른 의도에서 그 말을 했습니다. 그 완전한 문장은 아래와 같습니다.

"오란둠에 스트우트시트민스사나인 코르포레 사노" (Orandumestuts itm enssanaincorp oresano)로서,

번역하면 "건전한 육체에 건전한 정신까지 깃들면 바람직할 것이다"라는 뜻입니다. 이것은 찬사가 아니라, 당시에 유베날리시스가 아주 못마땅하게 생각한 신체단련 열풍에 대한 공격으로 이해해야 할 것입니다. 기름을 발라 번질번질한 몸을 뽐내지만 정신은 돌보지 않는 로마시대 검투사들을 풍자하기 위한 시였던 것입니다.

"이 근육만 키우는 검투사들이 생각을 할 줄도 안다면 얼마나 좋을까"

유베날리시스는 아마 이렇게 생각하면서 시를 썼을 것입니다. 육체건강과 정신건강은 어떤 선후 관계에 있는 것이 아닙니다. 물론 육체가 건강하면 정신이 건강해질 가능성이 높아집니다. 그 역도 성립하지요. 중요한 것은 항간에 알려진 사실과는 다르게 반대로 정신이 건강하면 육체가 건강해질 가능성도 높아진다는 사실입니다.

한 예로 심한 우울증이나 조울증을 갖고 있는 사람들은 신체 건강의 악화까지 동반하는 경우가 잦습니다. 뇌에서 음식을 먹거나, 운동을 할 때 나오는 보상호르몬의 체계가 무너져서 정상적인 욕망을 느끼지 못하기 때문입니다. 정신의 건강이 무너지자 신체의 건강도 무너진 것입니다.

하지만 우리 사회에 아직까지는 정신적 건강을 점검하고 증진하기 위한 움직임은 부족해 보입니다. 정신건강이라는 키워드가 주는 무언의 기피감과 인프라의 부족이 이루어 낸 안타까운 현상입니다.

전 세계적으로 높은 자살율을 보여 주는 우리나라가 스트레스 사회, 현대정신질환의 온상지인 것은 부정할 수 없는 사실입니다. 그러나 학교나 회사에서는 정신질환에 대한 교육과 예방을 적극적으로 실시하고 있지는 않습니다. 또한 개인들은 아무리 정신적으로 힘들어도 정신과 진료기록이 남을까 봐, 혹은 치료비가 많이들까 봐 저절로 낫기를 바라면서 스스로를 방치하는 모습을 보입니다.

그러나 여러분 정신건강도 육체의 건강만큼이나 중요합니다. 둘 사이에 무엇이 더 중요하다를 논하는 것은 의미가 없겠지만 적어도 둘 다 우리 삶에 엄청난 영향을 끼친다는 것은 꼭 알고 가셨으면 합니다. 우리는 뼈가 부러지거나 이가 썩으면 병원에 갑니다. 왜 병원에 가시나요? 당장의 아픔을 치료하고, 상처가 덧나지 않게 소독하고, 혹시 모를 잠재적인 부상이나 질병을 검사받기 위해서입니다.

그런데 이런 일련의 과정을 정신과에서도 똑같이 진행합니다. 환자가 당장 괴로워하는 것을 경감시켜 주고, 환자가 자각하고 있지 못한 병의 증세를 점검하고, 다른 질환으로 확대되지 않게 예방하는 역할을 정신과에서도 과학적이고 체계적인 방법으로 제공하고 있습니다.

우리의 진정한 행복을 달성하기 위해서는 정신건강의 주기적인 점검과 관리가 필요합니다. 특히 우울증 같은 보편적인 정신질환은 스스로도 모르는 사이 발병해 우리의 삶을 무기력하고 외롭게 만들고 있을지도 모르는 일입니다. 육체 건강을 소중히 여기시는 만큼 정신건강 또한 잘 챙기는 진정한 건강인이 되기를 바랍니다.

#

건강에
돈을 투자하라

내일부터는 운동해야지! 내일부터는 야식 안 먹어야지! 내일부터는 담배 끊어야지! 수많은 내일부터 때문에 머리가 어지러울 지경입니다. 사람은 무언가 결심하고 행동으로 옮기기까지의 시간이 굉장히 오래 걸립니다. 특히나 그것이 나의 일상과는 동떨어진, 아주 낯설고 힘들어 보이는 것이라면 더욱이요. 우리는 변화를 두려워합니다. 늘 하던 대로 하는 것이 마음 편하고 생각하지 않아도 되니 편해 보입니다. 설사 그것이 자신의 건강을 해치고 행복에서 멀어지는 삶이라도요.

그렇다면 이런 관성에서 벗어나서 진짜 건강한 사람으로 거듭나기 위해서는 어떤 방법이 필요할까요? 바로 돈을 투자하는 것입니다. 우리는 돈을 투자하지 않는 것에는 중요성을 잘 느끼지 못하는데, 투자금이 없는 행위는 무료라고 생각하기에 그것을 막 대하는 경향이 있기 때문입니다. 반대로 본인이 '조금' 부담스러워할 수 있는 정도의 금액이 들어간다면, 그 돈이 아까워서라도 여러분은 행동하게 될 것입니다.

만약 여러분이 수영을 배우고 싶으시다면 일단 제일 먼저 할 일은 수영 레슨을 끊는 것입니다. 이왕이면 가장 길고 비싼 것으로 하십시오. 이후에는 장비를 사세요. 수경, 수영복, 수영모를 살 때 포털 사이트나 쇼핑앱으로 최저가 순으로 나열하여 제일 싼 것을 고르는 게 아니라, 약간 가격대가 있는 브랜드에서 구입하셔야 합니다. 그래야 여러분이 지금 많은 돈을 수영이라는 활동에 투자하고 있다는 느낌을 받기 때문입니다.

건강에 돈을 투자해야 하는 이유는 단순히 아까워 하는 감정을 이용해 무언가를 하게 만드는 것 때문만은 아닙니다. 자본주의 사회에서 우리의 정체성을 정의하는 것 중 하나는 바로 소비의 형태입니다. 우리가 우리의 시간과 에너지를 투자해서 생산해 낸 '돈'이라는 가치를 어디에 어떻게 쓰느냐가 곧 자기 자신의 캐릭터를 정립해 나가는 과정인 것입니다. 여러분이 패스트푸드와 담배를 소비하면 여러분이라는 캐릭터를 이루는 요소 중에 하나로 '패스트푸드와 담배에 시간과 노력과 돈을 쓰는 사람'이라는 정체성이 붙게 됩니다. 그리고 이는 타인에게 보이는 것뿐만 아니라 우리 스스로가 자신을 정의할 때 막강한 힘을 가집니다.

그렇기 때문에 건강이라는 중요한 특질을 얻기 위해서는 반드시 돈을 투자해야 하는 것입니다. 나에게 있어 스스로의 정체성을 '건강에 시간과 노력과 돈을 투자하는' 사람으로 정의되는 것은 단순한 생각을 넘어서 실제 우리의 삶 곳곳에서 영향을 끼치게 됩니다.

이 책을 읽은 모두가 건강하고 싶다고 생각만 하는 사람이 아닌, 건강을 위해 투자하는 사람이 되어야만 합니다.

#

유산소 운동을
해야 하는 이유

유산소 운동, 무산소 운동 많이들 들어 보셨죠? 이 둘의 차이는 정말 간단합니다. 운동 중에 많은 산소를 필요로 하며, 지방을 태우고 심폐지구력을 기르는 운동을 유산소 운동이라고 부릅니다. 대표적으로 조깅, 수영 등이 있습니다. 이에 반해 무산소는 순간적인 근력을 이용한 운동이기 때문에 산소의 공급을 최소화한 상태에서 운동이 진행됩니다. 역도, 웨이트 트레이닝 등을 예로 들 수 있습니다. 유산소 운동, 무산소 운동 둘다 정말 중요한 운동이기 때문에 병행하여 운동하는 것이 최고의 방식입니다.

그러나 많은 사람들이 시간과 비용 등의 문제로 인해 무산소 운동으로의 접근을 어려워하고 있습니다. 또한 짧은 시간 내에 많은 효과를 볼 수 있는 것은 유산소 운동이기에, 혹시 둘 중에 어떤 운동을 할지 고민하시는 중이라면 저는 유산소 운동을 추천드립니다.

지방은 유산소로 태운다

근육은 무산소로 키우고, 지방은 유산소로 태우는 것이 정석입니다. 무산소로도 지방을 태울 수는 있지만, 짧은 시간 동안 진행되는 특성상 많은 기대를 하기는 어렵습니다. 반면 유산소 운동의 경우 강도가 높지 않더라도 지방 연소와 심폐지근의 발달을 유도할 수 있기 때문에 초보자들에게 더욱 권장됩니다. 특히나 불어난 뱃살과 흔들리는 팔뚝 때문에 운동을 시작하신 분들이라면 더더욱 유산소를 먼저 하시는 것을 추천드립니다.

뇌 발달

뇌는 우리 신체 중에서 가소성이 가장 높은 부위입니다. 선천적으로 타고나는 것보다 자라면서 어떤 교육을 받고, 얼마나 머리를 썼느냐에 따라 뇌의 발달 양상이 완전히 달라질 수 있다는 뜻입니다. 교육열이 강한 우리나라의 학부모들이 이를 모를 리가 없겠죠? 덕분에 유치원에 들어가기 전부터 아이들은 책상에 앉아 공부하는 습관을 강요 당합니다. 뛰놀고 싶은 욕구는 굴뚝 같지만 뭐든지 쑥쑥 흡수한다는 영아기 때 영어 단어 하나라도 더 외우게 하고 싶은 것이 부모님들의 마음이겠죠.

그러나 최근 밝혀지고 있는 연구들에 따르면, 운동을 하지 않고 가만히 앉아서 공부만 하는 행위는 오히려 뇌의 무한한 발달 가능성을 억제하는 역할을 할 수도 있다고 합니다. 반대로, 중간 강도 이상의 유산소 운동을 매일 30분 이상 해 준다면 뇌의 발달을 최상으로 유도할 수 있고 집중력, 창의력, 연산능력에 직접적인 상승효과를 가져다준다고 합니다. 공부 잘하는 아이로 키우겠다고 책상 앞에만 앉혀 놓으면 오히려 바보가 될 수도 있다는 뜻입니다. 역시 아이들은 뛰놀면서 자라야 한다는 선조들의 격언이 맞았다고나 할까요?

꾸준한 유산소 운동은 심폐지구력 향상, 지방 연소, 뇌 발달에 긍정적인 영향을 끼치는 것으로 모자라서 정신건강에도 영향을 끼칩니다. 특히나 이 유산소 운동은 우울증 환자들에게는 필수적으로 처방되는 치료요법 중에 하나입니다. 우울증에 걸린 환자들의 경우 무기력해지고 움직이지 않으려는 경향을 보입니다. 우울증이 중증으로 가면 침대 위에서 앉지도 못하는 상태가 되는데, 이때 의사들은 침대를 세워서 환자를 억지로 앉혀 놓습니다. 이게 무슨 가혹행위인가 하겠지만, 환자의 움직임을 어떻게서든 유도하기 위한 최후의 방침입니다. 이후에 약물치료 등으로 경과가 호전되면 매일같이 산책을 통한 유산소 운동을 통해 치료를 이어 갑니다.

유산소 운동은 우울증 환자들에게만 효과를 보이지는 않습니다. 일반인들의 경우에도 중간 정도 이상의 유산소 운동을 30분 이상하게 되면 기분 전환과 스트레스 해소에 도움을 줍니다. 러닝을 취미로 즐기는 사람 대부분은 어떠한 목표의식이 있다기보다는 러닝을 하는 중과 끝낸 후의 기분이 너무 좋아서 그것을 계속 느끼려고 뛰는 사람들입니다.

이 정도로 효능이 엄청난 데 유산소 운동을 안 할 이유가 있을까요?

#

병원 가는 것을
즐겨라

　우리는 머리카락이 길면 그것을 자르기 위해 미용실
에 갑니다. 또 손톱에 매니큐어가 벗겨지기 시작하면 새로
운 칠을 받기 위해 네일숍을 예약합니다. 겉으로 보이는 모
습에 우리는 이토록 민감하고, 또 빠른 피드백으로 변화가
생겼을 시 그것을 보완하려는 노력을 합니다. 대체로는 해
당 분야의 전문가를 찾아가서 서비스를 받는 것이 그 해결
법입니다. 그런데 문제는 우리가 정작 병원 가는 것에는 소
홀하다는 것입니다.

토론토대학의 심리학 교수인 조던. B. 피터슨 교수는 본인의 저서《12가지 인생의 법칙》에서 이런 말을 하기도 했습니다.

"사람들은 자신이 키우는 강아지의 예방접종 날짜와 하루에 먹어야 할 약은 기가 막히게 챙기면서, 정작 자기 자신은 병원도 잘 가지 않고 처방받은 약은 몇 알 먹고 버리기 일쑤이다."

병원이 사실 엄청나게 유쾌한 공간은 아닙니다. 건강한 사람들보다는 어딘가에 문제가 생긴 사람들이 모이는 공간인데다가, 주사 바늘을 비롯한 치료도구들은 그 외형도 그리 곱지는 않을뿐더러 상황에 따라 불쾌한 통증을 유발하기도 합니다.

그러나 그럼에도 우리는 병원을 미용실 가듯 들러야 합니다. 아픈 곳이 있으면 인터넷에 검색해서 자가진단을 할 것이 아니라, 해당 분야를 십수 년간 공부해 온 전문가를 찾아가서 검증된 진단 방식을 통해 원인을 알아내고 치료해야 합니다.

더군다나 췌장암, 폐암 등의 치사율이 높은 몇몇 질병들은 그 악명과는 다르게 말기가 될 때까지 별다른 증상이 없습니다. 그렇기 때문에 주기적인 건강검진을 통해 잠복기에 있는 병이 나무 증상 질환들이 발병하진 않았는지를 체크해 주는 것이 필요합니다.

어떤 분들은 병원에 가서 자신이 큰 병임을 알게 될까 봐 두려워서 가지 못한다는 말을 하기도 합니다. 그러나 이는 매우 어리석은 생각입니다. 쓰레기를 카펫 밑에 숨긴다고 쓰레기가 사라지지는 않습니다. 그 쓰레기가 모이고 모이면 결국 카펫은 들리고 그동안 쌓인 쓰레기들이 터져 나오기 마련입니다. 문제를 인식했으면 그 문제의 원인이 무엇인지, 어떤 증상을 가지고 있는지를 명확히 분석할 필요가 있습니다. 그리고 그 분석을 대행해 주는 서비스를 제공해 주는 곳이 바로 병원입니다.

머리카락이 아무리 윤이나고, 손톱이 휘황찬란하다
고 해도, 몸이 건강하지 않으면 그러한 것들은 빛을 잃어버
리고 맙니다. 가장 아름다운 신체는 바로 건강한 신체입니
다. 그리고 그 건강을 위해 우리가 할 수 있는 가장 가성비
좋은 행위는 아프면 바로바로 병원에 가는 것입니다.

책의 원고를 마무리하고 있는 지금은 코로나 백신이 여러 회사를 통해 발명되었지만, 그 보급이 국소적으로만 이루어져 아직까지도 전 세계 사람들이 혼란에 빠져 있는 시점입니다. 사람들의 웃는 모습을 보는 회수가 점점 줄어들었고, 곳곳에선 안타까운 뉴스들이 줄을 이어 들려옵니다.

경제적인 타격이 없거나 적은 사람들도 '코로나 블루'라고 하는 코로나 시대의 특수적인 자유제한으로 발병하는 우울증에 시달리는 것이 현실입니다.

그러나 희망은 최악의 지옥 속에서도 잃어서는 안 되는 것입니다. 삶을 향한 숭고한 의지, 나아가 행복하고자 하는 의지와 그것이 가능하다고 믿는 희망이 있는 한, 우리는 그 어떠한 상황 속에서도 밝게 웃으면서 인생을 긍정할 수 있습니다.

혼란스러운 시국 속에서도 희망의 증거를 계속해서 증명해 나가는 사람들은 동서고국을 막론하고 언제나 있어 왔습니다. 그리고 그러한 사람 하나하나 자신의 주변에 미치는 영향은 말로 표현할 수 없을 만큼 중요한 것입니다.

인간은 최대 150명의 사람과 소통하면서 지내는데, 한 사람의 긍정적인 태도와 행복하려고 노력하는 모습이 주변 150명에게 긍정적인 영향을 미치고, 그 각자는 또 자기 주변의 150명에게 희망의 증거가 됩니다. 150×150×150… 여러분이 행복한 사람이 되려고 노력하는 것은 사실 수백만 명의 삶의 태도를 바꿔 놓을 수도 있는 중대한 일이라는 것을 잊지 않았으면 합니다.

책에서 말씀드렸듯이, 행복은 어려운 것이 아닙니다. 나도 행복해질 수 있다는 믿음과 희망을 언제나 잃지 않고, 제가 말씀드린 몇몇 방법들을 적극적으로 수행하신다면 머지않아 행복한 인생은 성큼성큼 걸어와 언제 그랬냐는 듯 당신의 옆에서게 될 것입니다.

이 책을 읽은 독자 여러분 모두가 당당하게 본인은 행복하다고 외칠 수 있었으면 좋겠습니다. 그리고 독자 여러분 한 명 한 명의 선례가 주변 사람들, 나아가 우리나라, 더 욕심을 부리자면 전 세계에 희망의 증거가 되었으면 하는 포부도 갖고 있습니다.

그럼 여러분, 부디 행복한 삶이 되시길 바랍니다.